BASTEI
LÜBBE

Sara
KISHON

Mein geliebter Lügner

Bekenntnisse der
»besten Ehefrau von allen«

Ins Deutsche übertragen von
Ursula Abrahamy,
Brigitte Sinhuber-Harenberg,
Friedrich Torberg
und Ephraim Kishon

Mit Zeichnungen von
Rudolf Angerer

BASTEI
LÜBBE

BASTEI LÜBBE TASCHENBUCH
Band 14389

1. Auflage: August 2000

Vollständige Taschenbuchausgabe

Bastei Lübbe Taschenbücher ist ein Imprint
der Verlagsgruppe Lübbe

Lizenzausgabe: Verlagsgruppe Lübbe GmbH & Co. KG,
Bergisch Gladbach
Titelillustration: Rudolf Angerer
Umschlaggestaltung: Gisela Kullowatz
Satz: KCS GmbH, Buchholz / Hamburg
Druck und Verarbeitung: Ebner Ulm
Printed in Germany
ISBN: 3-404-14389-2

Vorwort, nicht unbedingt für Männer geschrieben

Natürlich hat alles im Schwimmbad begonnen. Ephraim behauptet nämlich, dies sei der einzig wahre Ort, um weibliche Bekanntschaften zu machen. Adam sei seiner Eva ja schließlich zunächst auch völlig unbekleidet begegnet. Schon im Paradies wurde so der Startschuß gegeben für den edlen Wettstreit zwischen Mann und Frau, in dem es um nichts als die nackte Wahrheit geht, die sich aus männlicher Sicht unter einem möglichst knappen Badeanzug befindet.

Damals im Schwimmbad besaß mein Mann noch nicht die nötige Erfahrung und glaubte, je kleiner die Frau, desto größer die Liebe. Im Laufe der Zeit aber ändert sich der Geschmack, und so war es auch bei meinem Ephraim. Sein Blick wanderte von meinen winzigen 1,55 Metern auf Körpergröße 1,80, und was er da erspähte, gefiel ihm auch recht gut. Ich aber blieb trotz aller Seitenblicke seine kleine subtropische Pflanze aus dem Lande Liliput und seine »beste Ehefrau von allen«, wie er mich in vielen seiner Geschichten ganz objektiv nennt.

Natürlich strengte ich mich anfangs gewaltig an, größer zu wirken, und stöckelte auf den höchsten Absätzen dahin. Anfangs, wie gesagt. Dann ließ ich es bleiben. Kein Wunder also, daß mein guter Mann mich auch heute noch »Die Kleine« nennt.

Wenn ich ehrlich bin, waren es allerdings einzig und allein die Schmerzen in meinen hochgereckten Füßen, die ich, wie viele andere Leidensgenossinnen auch, recht bald, genauer gesagt zwei Stunden nach unserer Hochzeit, nicht mehr aushielt. So blieb ich also bei meiner gottgegebenen Größe im Parterre der Frauenwelt. Dort suchte ich nach Gefährtinnen und siehe da, die Suche war erfolgreich. Unzählige Damen atmen, Gott sei Dank, die gleiche Höhenluft wie ich.

Heutzutage hat man, wie so vieles andere, auch dieses Problem durch den rasanten Fortschritt der Wissenschaft im Griff. Zumindest gilt das für die nächste Generation. Die Zeit hat es gut gemeint mit dem schwachen Geschlecht, die Frauen werden immer größer und die Männer immer dicker.

Aber zurück zu den Anfängen. Ich erinnere mich an dieses erste historische Schwimmbadrendezvous noch so, als wäre es gestern gewesen. Ephraim schritt, begleitet von sphärischen Glockenklängen, auf mich zu. Ja, es war wie in einem kitschigen Film, die Violinen im Hintergrund fehlten zwar, die Glocken aber hörte ich ganz deutlich.

Er war damals sehr schlank, sehr blond und sehr, sehr schüchtern. Heute ist ihm nur noch die Schüchternheit geblieben, und auch die bemerkt man nicht immer …

In der israelischen Macho-Gesellschaft wirkte Ephraim auf mich wie ein Wesen von einem anderen Stern, wie ein exotisches Gewächs aus dem Treibhaus. Und das Hebräische klang aus seinem Munde wie eine ungarische Rhapsodie.

Aber das spielte alles keine Rolle. Ich hatte mich immer schon mit der Scarlett O'Hara aus dem Film »Vom Winde verweht« identifiziert, die ja bekanntlich den blonden Ashley dem Helden des epochalen Streifens, Clark Gable, vorzog, und dies, obwohl Gable zu haben und Ashley verheiratet war. Ephraim erinnerte mich sofort an jenen bescheidenen jungen Ungarn namens Horváth László, der den Ashley verkörperte und der dann, allerdings ohne Ephraims Akzent, als Leslie Howard zunächst die Engländer und dann die Welt eroberte.

Glockenklang erfüllte also das Schwimmbad, und ich verfiel dem Zauber meines zukünftigen Ehemanns auf den allerersten Blick, genauso wie es das Drehbuch der Cinemascope-Schnulze vorsah.

Bei unserem ersten Gespräch, dessen malerische Kulisse der Sandstrand Tel Avivs bildete, versicherten wir uns gegenseitig unserer unbezwingbaren Schwimmleidenschaft und beteuerten wie aus einem Munde, daß gerade dieser Sport der gesündeste sei, und das vor allem bei kühler Witterung. (Ich vergaß zu erwähnen, daß unser historisches Treffen im Winter stattfand.) Und so war das Schwimmbad am darauffolgenden Tag, dank eines höchst unfreundlichen Sturmes, wie leergefegt. Keine Menschenseele außer Leslie und mir. Ganz allein stellten wir uns mit beispielhaftem Sportsgeist den Gewalten der Natur. Unsere wahren Beweggründe aber durchschaute sogar der Bademeister, der einzige Augenzeuge des schicksalhaften Geschehens. Und da das Wetter sich nicht wesentlich änderte während dieses herzerwärmenden Winters, blieben wir ganz unter uns. Es war die traditionelle Dreiecksbeziehung, Leslie, ich und der Bademeister.

Es blieb auch mein erster und letzter Winter im Schwimmbad. Seither bringen mich keine zehn Pferde mehr in ein eisiges Freibad, außer im Hochsommer.

Allmählich gewöhnte ich mich daran, daß Ephraim so anders war als die anderen Männer, die ich kannte. Als echte, in Palästina geborene »Sabre« wuchs in mir der wilde Drang, ihn vor der feindlichen Umwelt zu schützen. Es dauerte nicht lange, und er verließ sich völlig und ausschließlich auf mich. Ich wurde zu seinem »Dirty Harry«, seinem Leibwächter, wurde zum Schutzschild des so unsäglich sanften und schüchternen Leslie mit seiner kaum vernehmbaren Stimme.

So weit, so gut. Die Dinge nahmen ihren vielversprechenden Lauf, aber mein Auserwählter, Ephraim, war durch die Erfahrungen seiner ersten Ehe, die kurz vor der Scheidung stand, voller Skrupel. Immer wieder versicherte er mir, die Ehe sei eine hoffnungslos gescheiterte Institution und er werde nie und nimmer einen zweiten Versuch riskieren …

Sein bevorzugter Kommentar war: »In der Ehe ist immer ein Tunnel am Ende des Lichts …«

Was Wunder also, daß mit derlei geistreichen Anti-

Ehe-Proklamationen die erste Zeit unserer Liebe nicht gerade romantisch verlief. Für mich jedoch bedeutete dies eine echte Herausforderung. Ich hatte meine blonde Beute fest im Visier, verfolgte sie auf Schritt und Tritt, geduldig und wachsam wie ein CIA-Agent. Bis ich schließlich jene große Szene hinlegte, die einer Callas zur Ehre gereicht hätte und die den chronischen Ehemuffel mit ohrenbetäubenden Argumenten vor den Traualtar brachte.

Ephraim hatte sich nämlich zwischenzeitlich schweren Herzens von seiner stillen österreichischen Frau getrennt. Und noch hatte er keinerlei Vorstellung davon, was ein zielgerecht eingesetzter hysterischer Anfall, die wohltrainierte Spezialität einer echten »Sabre«, so alles vermag. Denn mir war klar: jetzt oder nie. Ich halte in dieser Beziehung nicht wenig von mir, wage aber zu behaupten, daß ich mich bei diesem orientalischen Ausbruch selbst übertroffen habe. Es war – auch für Ephraim – eine bis heute unvergeßliche Darbietung, die seine Aversion gegenüber dem Fiasko Ehe wundersam aufweichte. Vielleicht wollte er auch nur sein gutes Gehör retten, doch was ändert das schon?

Ich aber gedachte damals voll Dankbarkeit meiner Kindheit in einem stürmischen und lautstarken Elternhaus, die erst in jenem schicksalhaften Ausbruch ihre Früchte trug.

Zu meinem Sieg trug nicht unerheblich bei, daß ich

Ephraim ein feierliches Versprechen gab. Er wäre frei zu gehen, wann und wohin er wolle, wenn wir unseren Ehebund nicht beide als Erfolg bezeichnen würden. Ich hatte das zwar mehr theoretisch gemeint, aber auch heute noch, nach mittlerweile 37 Jahren Ehe, taucht manchmal halb scherzhaft, halb im Ernst die Frage auf: »Ist unsere Ehe denn schon gültig?«

Jede Frau wird nachvollziehen können, welchen Ehemuffel ich gebändigt habe, wenn ich ein paar goldene Zitate aus der Schatztruhe meines Haussatirikers zum besten gebe. Sie stehen unter dem vielversprechenden Motto: »Das Geheimnis einer glücklichen Ehe«.

»85 Prozent aller Ehen sind ziemlich schrecklich«, stellt mein geliebter Mann fest, »elf Prozent sind unerträglich, aber gut. Drei Prozent sind so la-la, und ein Prozent will sich nicht festlegen.«

»Das tägliche Einerlei und die giftigen Sticheleien machen das Eheleben ziemlich mühsam«, erklärt Fachmann Ephraim und fragt nicht nur sich: »Warum gibt es denn eigentlich nur Handtücher für ›SIE‹ und ›IHN‹?«

Er beantwortet die Schicksalsfrage gleich selbst: »Nur durch eine planvolle und umfassende Trennung der elementaren Lebensbereiche kann für beide Partner die lebensnotwendige Autonomie entstehen.«

Vielleicht ist da doch etwas dran. Und so schlage ich vor, den ersehnten Idealzustand meines geliebten Mannes Schritt für Schritt auf folgendem Weg herbeizuführen:

Diskussionen über das Fernsehprogramm und der abendliche Kampf um die Fernbedienung werden durch die Anschaffung eines zweiten Geräts ein für allemal obsolet.

Der Krieg um die Frühstückszeitung endet mit Waffenstillstand dank des Abonnements von zwei Exemplaren einer jeden Zeitung, eine für »SIE« und eine für »IHN«.

Mein Erfolgsrezept greift dann allmählich auf neue Territorien über und gedeiht bei sorgfältiger Strategie wie Giftpilze nach dem Regen:

Zwei Radios

Zwei Telefone

Zwei Schlafzimmer

Zwei Städte

Zwei Kontinente

Zwei Kinder.

Was uns betrifft, so hat es geklappt. Und vielleicht ist dieser einfache Kniff wirklich das Geheimnis unserer vielbeneideten glücklichen Ehe.

Übrigens: Wer mich wegen Plagiats vor Gericht zitieren will, dem gestehe ich sofort freiwillig, daß meine genialen Vorschläge natürlich aus einer Satire meines Mannes stammen. Seine Ideen werden ohnehin von allen geklaut. Warum sollte gerade ich da eine Ausnahme machen?

Die Absicht, über meinen Mann zu schreiben, brachte mich dazu, nach vielen Jahren wieder einmal seine Bücher zu lesen. Ephraim behauptet stets, ich kenne seine Werke eigentlich gar nicht.

Und tatsächlich habe ich meinen Mann durch das genaue Studium seiner Geschichten aufs neue entdeckt und mich an meine ursprüngliche Aufgabe als seine Fürsprecherin erinnert. Ich hatte plötzlich Lust, aus dem Gesamtwerk einen Sammelband zusammenzustellen, den man wirklich gerne durchblättert.

Da mein eigentlicher Beruf Pianistin ist, weiß ich, daß die Dramaturgie eines Konzertabends für seinen Erfolg ausschlaggebend ist. An der Julliard-Akademie in New York habe ich gelernt, daß die Zusammenstellung der Werke, die Länge, der Wechsel von Ernst zu Leichtigkeit, verschiedene Tempi, daß all dies dem Publikum hilft, die Musik besser in sich aufzunehmen. Ich habe also versucht, dieses Prinzip in meiner Sammlung anzuwenden, eine Art inneren, musikalischen Rhythmus von Ephraims Humor zu finden.

Die Geschichten, die ich ausgesucht habe, sind mir vor allem aus biographischen Gründen ans Herz gewachsen, oder sie interessieren oder ärgern mich. Ich behaupte nicht, daß bei meiner Auswahl die Qualität eine wichtige Rolle spielte, aber wahrscheinlich war dies doch der Fall. Vielleicht waren die Geschichten für mich ein Anlaß, endlich einmal die Rollen zu tauschen und mich über den besten Ehemann von allen auszulassen. Und wer hat mehr Recht dazu als jene Frau, die dem Autor lebenslang im Nacken sitzt?

In meinem Buch, und vor allem in diesem ausführlichen Vorwort, werde ich einiges aus meinem geheimsten Erinnerungsschatz offenbaren. Dinge, die bis in unser Privatleben hineinreichen. Warum ich »auspacke«? Der Hauptgrund ist: Ephraim hat mich ernsthaft dazu ermutigt, ohne zu ahnen, daß ich dieses eine Mal seinem Rat folgen werde. Der zweite und wichtigere Grund aber war für mich, daß über den Schriftsteller Kishon schon so viel geschrieben wurde, daß niemand mehr etwas hinzufügen kann. Außer mir.

Deshalb werde ich das Allzubekannte durch ganz Persönliches ergänzen, in der Hoffnung, daß es das ist, was die Leser wissen wollen. Über ihn und über mich. Über uns beide, aus der Sicht der Frau, die, zu ihrem Glück oder auch nicht, mit einem viel zu begabten Mann verheiratet ist.

In den Büchern Ephraims bin ich, wie bekannt, die »Beste Ehefrau von allen«. Die häufig gestellte Frage, wie man im Schatten dieses Titels lebt, war mir immer schon ein wenig peinlich. Nein, ich bin nicht die Ehefrau, auf die diese Bezeichnung zutrifft oder die sie gar verdient hätte. Ich kann wirklich und wahrhaftig weder kochen noch waschen oder bügeln, und mein orientalisches Temperament ist bei Vollmond eine echte Zumutung. Von geishahaftem Gehorsam, wie er in unseren Breitengraden erwartet wird, bin ich so weit entfernt wie Budapest von Jerusalem.

Meine spontane Antwort lautet daher, daß mein Titel »Beste Ehefrau von allen« ein typischer Fall von dichterischer Freiheit ist. Und was tut ein Schriftsteller nicht alles für die Literatur …?

Im Grunde aber bin ich, unter uns gesagt, überzeugt davon, daß ich für meinen Ephi tatsächlich die denkbar beste Ehefrau bin.

Wenn Ephraim gefragt wird, warum er mich geheiratet hat, antwortet er meist ebenso prompt wie prosaisch: »Weil meine Frau auch im letzten Augenblick noch Karten für jede ausverkaufte Aufführung beschaffen kann.«

Es war nicht der einzige Grund.

Ein weiteres goldenes Zitat meines Haussatirikers lautet: »Die Ehe ist ein weltweites Fiasko, Monogamie und Treue sind unrealistisch, die Ehe ist nur für Frauen erfunden worden, und deshalb sollten eigentlich nur Frauen heiraten.«

»Wenn dem so ist«, fragen unsere guten Freunde, »wie um alles in der Welt könnt ihr eure Ehe dann als glücklich bezeichnen?«

Ich für meinen Teil nenne Ephraims bombastische Statements zur Ehe »das Hissen der Unabhängigkeitsflagge«, eine typisch männliche Kräftedemonstration zur eigenen Beruhigung. Was können sie denn sonst tun, diese tollkühnen männlichen Geschöpfe, die im Netz der weiblichen Mafia zappeln, als ein wenig die Muskeln spielen zu lassen.

Lassen wir sie doch ruhig. Schließlich haben wir alle unseren Spaß dabei.

In dem Sketch »Polygamie« beschreibt Ephraim ein

altes Ehepaar, das abends auf dem Balkon Tee trinkt, während der Mann, wie alle Männer jeden Alters, erotischen Phantasien von einer anderen Frau nachhängt. Zu seiner Überraschung stößt er bei seiner Ehefrau jedoch auf keinerlei Empörung. Im Gegenteil, sie ermuntert ihn sogar, von der jungen Frau zu träumen, die er vorgestern im Supermarkt gesehen hat. Und wenn der Alte dann beglückt einschläft, murmelt sie erleichtert: »Jeden Abend das gleiche …«

Ob Ephraim wohl auch polygamen Träumereien nachhängt? Ich denke schon. Schließlich trinken ja auch wir manchmal auf dem Balkon ein Täßchen Tee.

Ja, ich selbst komme immer wieder zum gleichen Ergebnis: Männer und Frauen leben offenbar auf zwei verschiedenen Planeten.

Einmal hatte ich die Idee, ein Buch über meinen Planeten zu schreiben. Eine Art »Do-it-yourself«-Broschüre für Frauen, die ihre Ehe gern aufrechterhalten möchten. Der Versuch endete jedoch bei der Titelfindung, mit der ich aber nicht unzufrieden war: »A lost husband is not a lost case«. (Auf deutsch klingt es nicht ganz so gut: »Ein verlorener Ehemann ist kein hoffnungsloser Fall«.)

Da ich ein literarisches Greenhorn war, versandeten aber, wie gesagt, meine Bemühungen nach kurzer Zeit, nur einige Sätze sind mir in Erinnerung geblieben. Auf die Frage, warum ich denn eigentlich den völlig unbekannten Schriftsteller Ephraim Kishon geheiratet hätte, habe ich zum Beispiel geantwortet: »Ich wollte die Anzahl seiner Leser verdoppeln.«

Natürlich ist das nur ein Scherz, aber meine nicht geringe Erfahrung lehrt mich, daß die Frau in einer Ehe den Manager und Promotor spielen muß, und das jeden Tag, den Gott ihr gegeben hat. Es ist nämlich offenkundig, daß wir, die Frauen, das stärkere Interesse am »Familien-Deal« haben. Und unter uns gesagt, schließlich sind wir ja auch die Klügeren.

Die Frage nach den »Fehltritten« beschäftigt natürlich seit Menschengedenken jeden, auf der einen wie auf der anderen Seite der Barrikade, vom Klatschweib im Supermarkt bis hin zum Redakteur der respektablen »Times«. Der unvermeidliche Seitensprung ist und bleibt ja doch der Farbtupfer im Schwarzweißgemälde einer Ehe. Die hochgepriesene Treue hingegen ist eine geometrische, einfallslose Collage aus dem Quadrat des Ehemanns und dem ewig weiblichen Kreis. Was fehlt, ist das Dreieck.

Nicht jeder Seitensprung bedeutet aber gleich eine Ehekrise. Man kann ihn auch ganz einfach als Naturkatastrophe sehen. Als Katastrophe der Natur der Männer.

Eines der Geheimnisse einer langjährigen Ehe ist unter anderem die Fähigkeit, gemeinsam zu lachen und den großen und kleinen Problemen im Alltag mit Humor zu begegnen. Sogar ein so heikles Thema wie ein raffiniert geplanter Seitensprung läßt sich leichter verkraften, wenn man gemeinsam darüber lacht. Das klappt immer.

Mit einer einzigen Ausnahme: Wenn der Springer zufällig Humorist ist.

Humoristen lachen schon im normalen Leben nur ganz selten.

Eheprobleme in ihren endlosen Variationen sind ein recht abgedroschenes Thema und dennoch jenes, das die Menschheit bis heute immer noch am heftigsten umtreibt. Unzählige Bücher, Filme, Gedichte und Lieder handeln von dieser besten aller gescheiterten Institutionen. Auch wenn Inhalt, Dialog, Freuden und Enttäuschungen oder die Lügen in der Stunde der Wahrheit sich ähneln wie ein Ei dem anderen.

Selbst Ephraim vertritt die Meinung, daß hier der Originalität und Phantasie gewisse Grenzen gesetzt sind. Ich aber hege die geheime Hoffnung, daß die Zeit eigentlich für die gute alte Ehe arbeitet, sogar dann, wenn es sich um die Frau eines verwöhnten Schriftstellers handelt.

Die Fortschritte sind nicht zu übersehen. Die Menschheitsgeißel Aids und die gnadenreiche Erfindung des Handys zum Beispiel tragen viel zur Rettung und Erhaltung des heiligen Bundes bei.

Ephraim und ich lachen oft darüber, er mehr, ich weniger, wie hilfreich für betrogene Ehefrauen das stationäre Telefon vor der Erfindung des Handys war, vor allem, wenn Ehefrauen, so wie ich, musikalisch sind. Wie köstlich waren die nuancenreichen Intonationen, die der Ehemann in der guten alten Zeit durch den Hörer flötete, wenn sich so manch sanftes »Dolce« in seiner Stimme beim plötzlichen Eintritt der Ehefrau zu einem verräterischen »Stakkato« wandelte.

Auch der »Wiederwahl«-Knopf, der die letzte gewählte Nummer problemlos preisgibt, dieser gesegnete Knopf, hat es einstmals der Hausdetektivin leicht gemacht, die Nummer der »Anderen« herauszufinden. Seitdem sich das Handy jedoch bei Ehemännern einer überraschenden Popularität erfreut, ist diese hilfreiche Möglichkeit dem technischen Fortschritt zum Opfer gefallen.

Im Krieg gilt auch der Spion aus den eigenen Reihen als Soldat, dem alle militärischen Ehren zustehen. Er leistet seinen nicht unerheblichen Beitrag zum Erfolg der Truppen auf dem Schlachtfeld. Schon deshalb wäre ich nie auf die Idee gekommen, in der häuslichen Spionage, die ja schließlich nur ehebedrohende Risiken aufdeckt, Unehrenhaftes zu sehen. Der Zweck heiligt die Mittel. Mag sein, daß die Tricks, mit denen man sich auf dem nötigen Wissensstand hält, nicht immer ganz sauber sind, aber das bringt mein moralisches Weltbild nicht in Unordnung. Denn das Karussell dreht sich weiter: Der Ehemann betrügt, die Geliebte leidet, und die Ehefrau spioniert.

Es tut eben jeder seine Pflicht.

Ein Glück, daß die männlichen Bewohner auf dem anderen Planeten es auch heute noch manchmal an der nötigen Sorgfalt fehlen lassen, wenn es um das Verwischen von Spuren geht. Vielleicht handeln sie wie jene Verbrecher, die endlich gefaßt werden wollen, damit der

Streß ein Ende hat. Die Statistik lehrt uns schließlich, daß 65 Prozent aller Ehemänner auf frischer Tat ertappt werden und 35 Prozent kurz danach.

Am schönsten ist und bleibt aber doch die Ungewißheit. Was ich nicht weiß, macht mich nicht heiß. Lang lebe das Handy, der Erlöser der Männerwelt und der Retter der perfekten Ehe.

Hiermit beende ich meine kleine Lektion für fortgeschrittene Ehefrauen. Nicht ohne die Männer im allgemeinen und meinen Mann im besonderen um Verständnis für meinen ehrlichen Exkurs zu bitten.

Immerhin liebe ich ihn. Und ich hoffe, er mich auch. Unsere ersten Ehejahre standen zwar im Zeichen stürmischer und lautstarker Streitereien, was nur natürlich war angesichts unseres so unterschiedlichen Temperaments. Im Laufe der Zeit aber lernten wir, miteinander umzugehen und unser Glück zu meistern. Es war unsere gemeinsame kluge Entscheidung, der Institution Ehe trotz aller Meinungsverschiedenheiten nicht auf den Leim zu gehen.

Auch wenn nach jedem Streit der erste Schritt zur Versöhnung immer noch von mir getan werden muß. Sogar wenn ich völlig im Recht bin, wie in diesem Buch. Um nur ein Beispiel zu nennen …

Ich verrate vermutlich nicht einmal ein Geheimnis mit der Offenbarung, daß unter Ephraims zahllosen Problemen das Älterwerden sein größtes ist. Das war natürlich nicht immer so. Erst in den letzten fünfzig Jahren bereitet es ihm Kopfschmerzen. Aber eigentlich stand er bereits lange zuvor auf Kriegsfuß mit seinem Alter, wenn auch unter umgekehrten Vorzeichen. In seiner Jugend sah Ephraim nämlich so jung aus, daß das Publikum es für einen Inszenierungsgag hielt und in schallendes Gelächter ausbrach, als er sich im Jahre 1947 nach seiner ersten Premiere vor dem Vorhang verbeugte. Man vermutete, der Dramatiker habe aus Lampenfieber seinen Sohn vorgeschickt.

Dieses Problem löste die Zeit.

Heute kreisen unsere Gedanken immer wieder um das Älterwerden und alles, was damit zusammenhängt. Nahezu täglich tauschen wir Berichte über unsere florierenden Erfahrungen aus, und ich tue mein Bestes, Ephraims Zorn über die unabänderliche Tatsache zu lindern, daß gerade jetzt, wo er »endlich die Spielregeln begreift«, seine Zukunft fast hinter ihm liegt …

Ephraims Kampf mit seinem Alter ist ein rein physischer, denn seine Psyche hat längst das Handtuch geworfen. Seit 20 Jahren schwimmt er Tag für Tag, und das seit

20 Jahren ebenso gelangweilt wie widerwillig, aber auch ebenso konsequent wie besessen.

Ephraims Aversion äußert sich morgens zunächst durch die laute und nicht unpathetische Ankündigung »Ich gehe jetzt schwimmen«, so, als ziehe er in den totalen Krieg. Unmittelbar nach dieser Absichtserklärung fallen ihm jedoch unzählige Dinge ein, denen er sich jetzt sofort ausgiebig und gründlich widmen muß. Der Zeitabstand zwischen rhetorischem und tatsächlichem »Schwimmengehen« schwankt zwischen einer halben Stunde und einem halben Tag. Deshalb ist es sinnlos, mit Ephraim zu rechnen, bevor er seine geheiligte Schwimmstunde nicht erfolgreich hinter sich hat.

Ephraims unerschütterliches Lebensmotto lautet ebenfalls seit fünfzig Jahren: »Ich arbeite mich zu Tode.« Und so ist er absolut nicht bereit, kürzerzutreten, sondern lebt seine Überzeugung aus, das Alter sei nur durch mörderische Geschäftigkeit zu besiegen.

Eine unerläßliche Rolle spielen in diesem Marathonkampf Medikamente und Vitamine »für und gegen«. Genauer gesagt, eventuelle künftige Malaisen werden von ihm prophylaktisch behandelt, bevor sie überhaupt in Erscheinung treten. So ist Ephraim durchaus imstande, mir morgens mit schelmischem Gesicht zu verkünden: »Heute nacht habe ich beschlossen, daß ich einen Herzinfarkt hatte. Ich muß also künftig auf mich aufpassen.«

Auch die Nachbehandlung prophylaktischer Krankheiten nimmt Ephraim natürlich selbst in die Hand, und auch da hat alles seine unverrückbare Ordnung. Vitamine und Tabletten sind in sorgfältig beschrifteten

Schachteln sortiert. Die große »Meister-Apotheke« ruht im Kühlschrank, eine mittelgroße im Kleiderschrank, und die »Mini-Apotheke«, normalerweise in seiner linken Hosentasche ansässig, wird von einer kleinen Dose behütet, die den »Außer-Haus-Bedarf« für zwei bis drei Stunden gerade so deckt.

Darüber könnte man eigentlich herzlich lachen. Ich ärgere mich aber darüber, daß mein hypochondrischer Mann bedeutend gesünder ist als ich. Ganz nebenbei hat er sich im Laufe der Jahre ein fundiertes medizinisches Wissen angeeignet. Es gehört zu seinen Leidenschaften, aufmerksam die Packungsbeilagen, vom Fachmann »Waschzettel« genannt, zu studieren, und er hält sich auch peinlich genau an die Anweisungen. Es schmeichelt ihm dann besonders, wenn Freunde und Familienmitglieder seinen medizinischen Rat suchen, der zu meinem Erstaunen fast immer verläßlich ist. Lediglich eine meiner Freundinnen war ein wenig unzufrieden. Sie war es, der er nach dem Ehekrach Beruhigungstabletten verordnete und die sich nach einer von Ephraim verschriebenen Überdosis fast für immer beruhigte.

Ephraim betont gern, daß er seinem eigenen Körper zumindest soviel Aufmerksamkeit schuldet wie seinem Auto, und deshalb hält er sich eben auf dem laufenden. Mit Hilfe einschlägiger Literatur und ausführlicher Beratungen mit dem Apotheker um die Ecke ist Ephraim auch im Bereich medizinischer Innovationen stets auf dem aktuellen Wissensstand. Wenn unser freundlicher Apotheker Ephraim nur aus der Ferne erblickt, schließt er sofort seine Apotheke, denn er weiß aus Erfahrung, daß erstens seine Tageseinnahmen gesichert sind und zweitens für andere Kunden ohnehin keine Zeit mehr bleibt.

Kein Wunder also, daß der Inhalt unseres Kühlschranks wie ein Chamäleon nach dem jeweils aktuellen Fit- und Gesundmacher die Farbe wechselt. Bei Kiwi ist er grün, in Grippezeiten zitronengelb, bei ganzheitlicher Fitneß apfelrot und sehr oft mit dem Star unter den Gesundmachern karottenorange. Doch damit noch lange nicht genug. Es gibt noch eine Fülle anderer, für das Wohlbefinden unersetzlicher Substanzen, zum Beispiel die wenig appetitanregenden, ziemlich ekligen Keimlingsmischungen, die über Nacht eingeweicht werden müssen, damit sie meinen lieben Gemahl am nächsten Tag gesund, schön und erfolgreich machen.

Mir bleibt die andere Seite der Medaille. Jeden Morgen sieht unsere Küche nämlich aus wie ein Hühnerhof ohne Hühner, denn die Körner und Keimchen landen auf dem Weg zum Teller im Spülbecken, auf dem Küchentisch und natürlich auf dem Boden. Ich habe gelernt, zähneknirschend dazu zu schweigen, denn, wie sagt doch mein Mann so beruhigend: »Nobody is perfect.«

Und so beginnt mein tägliches Morgentraining mit unzähligen Kniebeugen beim Säubern der Küche von Ephraims vielgerühmten Keimen. Um gelenkig zu bleiben, mache ich dann gleich noch ein paar andere Reinlichkeitsübungen, und während dieser »Putzgymnastik« stelle ich mir immer wieder die Frage: »Warum bleibt man eigentlich nur mit schmierigen Körnern und klebrigen Pulvern gesund? Warum wird in dieser High-Tech-Welt nicht endlich etwas erfunden, das appetitlich und gesund ist und sich trotzdem nicht über die ganze Küche verbreitet?«

Am besten wird sein, ich frage bei nächster Gelegenheit bei den Astronauten an, wie sie das Problem in Raumschiffen lösen. In der Zwischenzeit gebe ich das Wort an meinen Astronauten, den gesündesten Kranken im Nahen Osten, weiter.

Man kann nicht früh genug jung bleiben

An einem der letzten Tage – genauer gesagt: heute – überkam mich der häßliche Gedanke, daß ich vielleicht nicht mehr ganz so jung bin wie früher. Nicht etwa, daß mich mein plötzlicher Geburtstag in Panik versetzt hätte. Geburtstage sind schließlich nichts Besonderes. Ich hatte schon welche, und sie haben mich gar nicht beeindruckt. Was ich verabscheue, ist die übertriebene Anzahl dieser Geburtstage, die Zahlen, mit denen sie bezeichnet werden. Was soll denn das heißen: Heute bin ich siebzig Jahre alt? Ich war noch nie siebzig, ich war die ganze Zeit jünger. Da steckt irgendwo ein Fehler. Nach meiner eigenen Einschätzung, ich meine, nach dem Eindruck, den ich von mir selbst habe, bin ich noch nicht einmal über die fünfzig hinaus. Es könnte sogar sein, daß ich im kommenden November erst 49 werde oder etwas Ähnliches. Was will man also von mir?

Ein entscheidendes Argument zu meinen Gunsten ist die hervorragende körperliche Verfassung, in der ich mich befinde. Ich gehe, sitze und stehe wie in meinen besten Jugendtagen, ich habe noch immer meine sämtlichen Augen und Ohren, und meine Nase befindet sich am gewohnten Platz. Offenbar handelt es sich bei dem mir per Geburtsurkunde aufgezwungenen Alter um einen Computerfehler.

Die Veränderungen, die sich im Lauf der Jahre bemerkbar gemacht haben, fallen kaum ins Gewicht. Schön, ich renne nicht mehr hinter Taxis her, sondern rufe nach ihnen, und ich benutze lieber den Lift, als weiß Gott wie viele Stockwerke zu erklimmen. Auch läßt sich nicht leugnen, daß meine Hausapotheke immer größer und nach jeder Auslandsreise immer bunter wird. Das liegt an unserem Klima. Ich kann mich noch erinnern, daß ich einmal quer durch den Plattensee geschwommen bin, um ein besonders intelligentes Mädchen zu treffen. Gestern, als ich mit meinen Kindern ins Strandbad ging und von ihnen aufgefordert wurde, ins Wasser zu springen, hatte ich keine Lust dazu. Einfach keine Lust. Überhaupt keine.

Ehrlich gesagt: Ich bin verzweifelt. Das letzte Mal erlebte ich eine solche Verzweiflung, als ich neunzehn wurde und wußte: Jetzt werde ich alt.

Mein peinlicher Zustand wird mir bei jeder Gelegenheit deutlich. Erst vor wenigen Wochen sah ich im Omnibus eine jammervoll verwelkte Frauengestalt sitzen, die Einkaufstasche zwischen den knochigen Knien, das häßliche Gesicht voller Runzeln und Falten. Es war ein richtiger Schock für mich, als ich plötzlich entdecken mußte, daß ich diese abstoßende Erscheinung in meiner Jugend angeschwärmt hatte. Armes Ding, dachte ich. Das ist alles, was von diesem einst so attraktiven Mädchen übriggeblieben ist. Ich hätte sie kaum erkannt. Und während ich von heißen Wogen des Mitleids überflutet wurde, erhob sich das einst so attraktive Mädchen und bot mir ihren Platz an.

Oder meine sechsjährige Tochter Renana. Wir sitzen zu Hause vor dem Bildschirm und sehen den Film »Ben Hur«, in dem es bekanntlich von römischen Soldaten und frühen Anhängern des Christentums nur so wimmelt. »Mami«, läßt sich Renanas piepsende Stimme vernehmen, »war Papi damals schon dabei?«

Kein Zweifel, ich wirke älter, als ich bin. Selbst wenn man die zwei Jahre abzieht, die ich mit dem Wählen besetzter Telefonnummern verbracht habe, bleibt noch genug übrig. Natürlich hat das nichts Konkretes zu bedeuten. Es ist eine Angelegenheit abstrakter Gedankengänge, man denkt und denkt, und plötzlich kann man sich an nichts mehr erinnern. Wenn ich nicht sofort alles aufschreibe, was mir durch den Kopf geht, ist es in Sekundenschnelle vergessen und für die Nachwelt verloren.

Besonders häufig vergesse ich Gesichter. Gute Freunde, liebe alte Bekannte, ja sogar Familienangehörige begegnen mir auf der Straße, und ich habe keine Ahnung, woher ich sie kenne. Selbstverständlich erwidere ich ihren Gruß mit freundlichem Lächeln und herzlichem Winken, aber das täuscht nur mich – nicht sie.

»Sommer '75« klärt mich so einer mit beleidigter Miene auf. »Brindisi. Na?«

»Ach ja!« jauchze ich. »Brindisi! Wie geht's denn immer, alter Junge?«

Und ich eile davon. Wer ist das? Und was ist Brindisi?

Nicht einmal meine Feinde merke ich mir. Damit gerate ich in den Ruf der Toleranz. Das ist das Ende.

Es fällt mir auch immer schwerer, mich an Namen zu erinnern. Seit einiger Zeit spreche ich junge Damen, mit denen ich zu tun habe, ausnahmslos mit dem gleichen Namen an – »Süßele«, um unliebsame Verwechslungen zu vermeiden.

Andererseits gibt es natürlich auch Dinge, die mit ehernen Lettern in mein Gedächtnis geprägt sind. Zum Beispiel die Aufstellung der ungarischen Fußball-Nationalmannschaft aus dem Jahre 1935. Man kann mich mitten in der Nacht aufwecken, und ich leiere sie fehlerlos herunter: Kohut, Toldi, Dr. Sarosi und natürlich Turav II, der damals den österreichischen Mittelstürmer Sindelar vollkommen kaltgestellt hat …

Aber sonst herrscht in meinem Gedächtnis dichter Nebel. Obwohl man mir das, wie ich schon angedeutet habe, nicht ansieht. Niemand würde mich für älter als 67 halten oder höchstens 68 1/2. Vielleicht kommt das auch daher, daß ich Tennisschuhe trage.

Erst gestern erwiderte ich die ungebetenen Trostversuche einer jugendlichen Zeitgenossin mit den Worten: »Mein liebes Fräulein, ich bin lieber 17 und sehe aus wie 71 als umgekehrt.«

Die Leute scheinen es darauf anzulegen, mir auf die Nerven zu gehen. Da kommt zum Beispiel irgend so ein Idiot auf mich zu und erklärt mir, daß man so alt ist, wie man sich fühlt. Ein gefährlicher Blödsinn. Das Alter ergibt sich aus der Summe der Lebensjahre. Da braucht man gar nichts zu fühlen. Man braucht nur den Reisepaß zu öffnen und das Geburtsdatum nachzulesen. Und wenn man seinem Paßfoto zu ähneln beginnt, ist es Zeit, sich auszutauschen.

Allerdings kommen mit dem Alter auch die Segnungen der Weisheit und der heiteren Entsagung. Ich bin ein solcher Fall. Ich beneide niemanden mehr um irgend etwas, ich nicht. Das einzige, was mich noch erbittern kann, ist ein Mann in meinen Jahren, der jünger aussieht als ich. Ich denke da an einen ganz bestimmten Literaturagenten, der mir um mindestens zwei Monate voraus ist und trotzdem, im Gegensatz zu meinem silbrigen Schopf, kein weißes Haar aufzuweisen hat.

»Wie kommt es«, fragte ich ihn, »daß Sie immer noch über Ihr jugendliches schwarzes Haar verfügen?«

»Eine Sache der Disziplin«, antwortete er mit hämischem Grinsen. »Wenn man einmal über sechzig ist, muß man etwas unternehmen. Sehen Sie mich an. Ich stehe jeden Morgen um sechs Uhr auf, jawohl um sechs, nehme eine eiskalte Dusche, reibe meinen Körper mit einer harten Drahtbürste ab, mache am Strand einen Dauerlauf von mindestens drei Kilometern, jawohl täglich, gehe jeden zweiten Tag in die Sauna, ernähre mich hauptsächlich von Früchten und Körnern, spiele Tennis, reite, lese den ›Playboy‹, nehme teil am pulsierenden Leben – und außerdem lasse ich mir die Haare färben.«

Wir lieben »Gadgets«, auch wenn wir für diese englische Bezeichnung keine passende deutsche finden. Am besten paßt wohl: »Gadget ist eine Art Ding mit Gimmick«, mit anderen Worten, halt so ein Dingens mit einem, Sie wissen schon was. Hauptsache, wir beide lieben es, Hauptsache, es ist technisch und ein Gadget.

Ephraim ist geradezu verrückt nach Gadgets. Und so ist auch unser Leben in Epochen eingeteilt, von der jede ihr eigenes Gadget hat. Der elektrische Spitzer zum Beispiel war der Hit in der häuslichen Sturm-und-Drang-Zeit des Schriftstellers, in der er, ähnlich wie Picasso in seiner blauen Periode, sich als Künstler etablierte und zum Begriff wurde. Danach folgten nach und nach diverse Küchengadgets, elektrische Pressen, Mühlen, Schneider, Mixer und Korkenzieher.

Manchmal, wenn wir in der Vergangenheit spazierengehen, erinnern wir uns an eine bestimmte Lebenszeit mit Hilfe ihres Gadgets: »Weißt du noch? Das war, kurz nachdem du den automatischen Brieföffner gekauft hattest ...«

Die Ära der elektrischen Messer hat sich uns besonders eingeprägt. Sie dauerte auch länger als die aller anderen Gadgets.

Ich muß hier vorausschicken, daß Ephraim seine ungarische Salami am liebsten »hauchdünn« genießt, aber es war jahrelang fast unmöglich, eine Zaubermaschine zu finden, die diese durchsichtigen Salamischeiben zustande bringt.

Doch dann geschah das Wunder, und zwar vor genau zehn Jahren während unserer ersten Reise nach Budapest.

Die damalige kommunistische Regierung Ungarns hatte sich nach langem Zieren dazu herabgelassen, dem abtrünnigen Schriftsteller zu vergeben, daß er seinerzeit in den Kapitalismus entflohen war, und stellte der gesamten Familie ein Visum aus. Wir wurden von einem deutschen Fernsehteam unter Leitung des wunderbaren Fernsehmannes Friedrich Mueller begleitet, das den ersten Besuch Ephraims, nach 35 Jahren Exil, auf einen einstündigen Film bannte.

Wir waren als Großfamilie unterwegs, denn unsere drei Kinder hatten uns gebeten, diese denkwürdige Reise mitmachen zu dürfen. Auf dem Weg legten wir in Wien einen Aufenthalt ein und erstürmten wie überall auch hier eines der Kaufhäuser. Die Familienmitglieder hatten sich in alle Richtungen zerstreut, um ihre jeweiligen Kaufgelüste zu befriedigen, als plötzlich unser Sohn Amir atemlos mit der Hiobsbotschaft auf mich zustürzte: »Mama, komm ganz rasch ins Obergeschoß, Papa kauft dort irgend etwas Riesiges.«

Als ich atemlos eintraf, sah ich nur noch, wie die charmante österreichische Verkäuferin einen Karton mit den Ausmaßen eines kleinen Kühlschranks verschloß.

»Was ist das?« fragte ich, auf alles gefaßt.

Höchst zufrieden klärte mich mein lieber Mann auf, er habe nun endlich den »blauen Vogel« gefunden, sein Lebenswunsch sei in Erfüllung gegangen, hier sei sie nun, die elektrische Schneidemaschine mit der ganz besonderen Klinge, die sogar das herrliche »Bündnerfleisch«, vor allem aber die Salami, hauchdünn zu schneiden imstande sei.

Ich versuchte, meinem Ephi, wie ich ihn manchmal in stilleren Stunden nenne, die logistischen Probleme nahezubringen, die sich aus dem Transport dieses Monsters nach Israel ergeben würden. Er war aber durch kein noch so schlagendes Argument von seinem Entschluß abzubringen. Es half mir auch nichts, die Mühen und Qualen der Schlepperei in den glühendsten Farben auszumalen, denn Ephraim befand sich in einem Zustand der völligen Ekstase, ein Traum war für ihn wahr geworden. Er war stolzer Besitzer des Königs aller Gadgets …

Und da rutschten mir die verbotenen Worte heraus, die ich seither niemals wieder gesagt habe: »Das Ding oder ich!«

Die Entscheidung Ephraims erfolgte umgehend:

»Das Ding.«

Nun begann eine der kritischen Phasen unserer überstürzten Ehe. Der kalte Krieg war angesagt, und wir wechselten kein einziges Wort mehr miteinander. Auf der langen Fahrt von Wien nach Budapest verstand keiner unserer deutschen Mitfahrer, was das tödliche Schweigen bedeutete, das sich unvermittelt über das Ehepaar Kishon gesenkt hatte.

Unser Sohn Amir hat das Talent, in derart kniffligen Situationen als neutraler Vermittler aufzutreten, und auch diesmal versuchte er, seine aufmüpfigen Eltern zu versöhnen. Das Resultat war, daß auf die absolute Stille mörderischer Krach folgte. Unser Streit fand nämlich in lautstarkem Stakkato-Hebräisch statt, das nur durch hysterische Aufschreie unterbrochen wurde. Das einzige Wort, das die deutschen Begleiter unserem hitzigen Wortwechsel immer wieder entnehmen konnten, war »Bündnerfleisch«, und das höfliche Fernsehteam tat so, als sehe und höre es nichts von der explosiven Spannung, die den Fernseh-Bus fast zu sprengen drohte. Erst bei unserer Ankunft in Budapest verlor der Kameramann die Beherrschung und schrie uns an:

»Wie, um alles in der Welt, kann man einen halben Tag lang über Bündnerfleisch derartig streiten?«

Ende der Geschichte. Die wunderbare Schneidemaschine gelangte irgendwie nach Israel, und es stellte sich heraus, daß sie offenbar nur in Wien imstande war, »hauchdünn« zu schneiden, unter unseren tropischen Klimaverhältnissen jedoch kläglich versagte. Und so endete sie im Keller, bei all den anderen abgelegten Gadgets.

Mein geliebter Mann aber übte Selbstkritik und schwor hoch und heilig, niemals wieder eine Anschaffung zu tätigen, ohne sich mit mir vorher zu beraten.

Ein einziges Mal noch ging er alleine einkaufen. Allerdings sollte er auf meinen eigenen Wunsch ein digitales Bügeleisen besorgen. Ein Bügeleisen kam dabei zwar nicht heraus, aber eine hübsche Geschichte wurde geboren.

Jeder hat das Bügeleisen, das er verdient

Dienstag nachmittag erkrankte unser Bügeleisen und verschied kurz darauf. Also machte ich mich nicht ungern auf den Weg zu unserem Elektrogeschäft.

Der Besitzer bediente mich persönlich. Er schleppte eine Anzahl von Bügeleisen in den verschiedensten Farbschattierungen herbei. Gleichzeitig versicherte er mir mit patrioti-

schem Stolz, er führe nur einheimische Ware, denn diese sei robuster in der Ausführung und daher weit zuverlässiger als der ganze importierte Schrott. Ich wählte ein zinnoberrotes Modell und fragte, ob ich es ausprobieren könne. Der Fachmann meinte, daß dies eigentlich nicht nötig sei, da das Bügeleisen bereits im Werk geprüft wurde. Aber wenn mir so viel daran läge, hätte er nichts gegen eine kurze Vorführung. Er tat den Stecker in die Dose und sagte: »Nun, was habe ich Ihnen gesagt? Ich würde niemals etwas verkaufen, das nicht hundertprozentig ...«

In diesem Augenblick gab das rote Ding ein seltsames Geräusch von sich, das an das Knurren eines jungen Jagdhundes erinnerte. Gleich darauf entwich ihm eine Rauchwolke, und das Bügeleisen begann zu donnern und zu blitzen. Mein Patriot warf die stinkende Leiche hinter die Ladentheke:

»Jetzt bin ich schon dreißig Jahre lang in diesem Gewerbe, aber so etwas ist mir noch nie passiert«, entschuldigte er sich und steckte ein grünes Bügeleisen ein. »Dieses ist sicherlich in Ordnung.«

Wir warteten fünfundzwanzig Minuten lang und tatsächlich, es rauchte nicht und stank nicht. Kein Blitz, kein Donner. Es wurde auch nicht heiß. Nicht einmal lauwarm. Es blieb eiskalt und teilnahmslos, sozusagen mausetot. Der Elektrofachmann schenkte mir einen vorwurfsvollen Blick, warf das grüne Eisen dem roten nach und versuchte sich an einem rosafarbenen.

»Ich muß schon sagen, Sie sind ein wenig wählerisch, mein Herr«, bemerkte er bitter. »Aber dieses hier wird zweifellos ...«

Das Rosafarbene begann wie eine Zeitbombe zu ticken. Wir warfen uns blitzschnell auf den Boden, steckten die Finger in die Ohren und waren auf das Schlimmste gefaßt. Nach einer knappen Minute ertönte ein lauter Knall, und das einheimische Qualitätsprodukt gab seinen Geist auf.

Ein viertes Exemplar war an der Reihe, blütenweiß und jungfräulich. Es stank und keuchte.

Dann griff der Fachmann nach einem himmelblauen Bügeleisen und stellte es vor mich hin, ohne es anzustecken.

»Dieses hier ist ganz sicher in Ordnung«, zischte er mich an. »Es besitzt eine gültige Fabriksgarantie. Nehmen Sie es oder nicht?«

Ich murmelte irgend etwas von einem Versuch. Da brüllte mich der Fachmann an:

»Das hier ist ein Elektrogeschäft, mein Herr, und keine öffentliche Versuchsanstalt! Wenn Sie nicht die Absicht haben, etwas zu kaufen, warum vergeuden Sie dann meine Zeit?«

Er warf mich kurzerhand hinaus. Draußen hörte ich, wie er mir nachrief:

»Kommen Sie bloß nie wieder! Von Ihnen lasse ich mich nicht mehr schikanieren!«

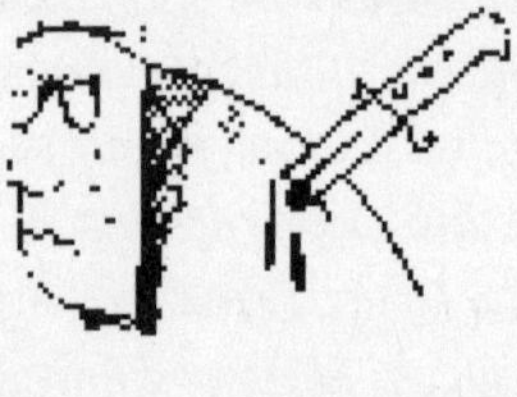

Ephraims Erstgeborener ist Tierarzt. Sein voller Name lautet Dr. Raphael Kishon, aber hinter diesem eindrucksvollen Titel steckt ein erwachsenes Kind oder zumindest ein kindischer Erwachsener, der den Humor seines Vaters geerbt hat. Seinen Doktortitel hat er an der Heidelberger Universität erworben, da man in unserem Zwergenstaat keinen Platz für eine Fakultät hat, die einen ganzen Zoo zum Studieren braucht.

Als man Rafi während seiner Promotionsfeier fragte, warum er gerade dieses Medizinfach gewählt habe, antwortete der Junior-Humorist, ohne zu zögern:

»Weil Katzen mich nachts nicht anrufen ...«

Rafi ist ein gutaussehender Junge und als Veterinär eine gefragte Kapazität in den Medien. Diese Popularität verdankt er nicht nur seiner praktischen Erfahrung und seinem fachlichen Wissen, sondern vor allem seiner blühenden Phantasie. Die hat er für seine Auftritte auch dringend nötig, denn manchmal werden ihm Fragen gestellt, die nicht so leicht zu beantworten sind. Rafi aber hat damit noch nie ein Problem gehabt.

Wenn ein Zuschauer etwa fragt: »Dr. Kishon, wann paaren sich die Ichneumonen im Norden?«, dann wird Dr. Kishon prompt antworten: »Zwischen dem 15. Mai und dem 20. Juni, es sei denn, starke Regenfälle verzögern die Paarung um zwei bis drei Wochen« – um nach der Sendung zu fragen: »Was sind eigentlich Ichneumonen?«

Er ist eben Ephraims Sohn.

Rafi moderiert auch eine überaus beliebte Radiosendung, in der er Tiere mit Menschen vergleicht. Politiker,

Künstler, Intellektuelle und andere prominente Persönlichkeiten faßt er da nicht mit Samthandschuhen an. Präsident Clinton zum Beispiel hat er mit einem Löwen verglichen, dem König der Tiere, der sich gerne darauf verläßt, daß die Löwin die Drecksarbeit macht, um sich in Ruhe seinem Harem widmen zu können.

Saddam Hussein ist in Rafis zoologischer Showparade eine Riesenkakerlake, ein Überlebenskünstler, immun gegen jedes Insektenspray made in USA.

Für Ephraim entwarf er folgendes Tierporträt:

»Wenn ich meinen Vater im Tierreich suche, dann fällt mir sofort der Hamster ein. Dieses Tier gehört in die Familie der Nagetiere, knabbert gern und oft und legt dazu große Futtervorräte an.

Wenn mein Sohn Eyall seinen Opa besucht, stürzt er sich zuallererst auf die Wunderschublade im Nachtkästchen meines Vaters, in der die Schätze Ali Babas verborgen sind, alle denkbaren Arten von Knabbereien, Oblaten, Grissinis, Nüsse, Mandeln, klebrige Lakritze, um nur ein paar Stammgäste dieses Faches aufzuzählen. Und sollten diese Schätze wider Erwarten einmal aufgeknabbert sein, dann kann sich Eyall getrost auf das Handschuhfach von Opas altem Volvo verlassen, wo ein Reserveversteck angelegt ist. Hier ruht nämlich das gleiche Sammelsurium aus Keksen, Chips und Salzstangen, die mein Vater zusammengehamstert und für Notzeiten vergraben hat.«

Soweit der Sohn. Rafi hat nicht zu weit gegriffen, wenn er seinen Vater als Nagetier bezeichnet.

Diesen trefflichen Vergleich kann ich noch durch den

Hinweis ergänzen, daß mein Hamster eingefleischter Soloknabberer ist. Ephraim kann es um nichts auf der Welt ausstehen, wenn innerhalb seines Gehörfeldes ein anderer Mensch knabbert. Nichts bringt sein seelisches Gleichgewicht derart durcheinander wie Eßgeräusche, mit Ausnahme seiner eigenen. Er mag weder ein Duett, geschweige denn ein Orchester, nein, er ist ein Einzelknabberer.

Es ist längst Familientradition, im Kino nicht auf einem Platz sitzenzubleiben. Leidvolle Erfahrung hat uns gelehrt, daß sich ein anonymer Schmatzer bestimmt neben uns niederläßt, sobald Ephraim seine erste Kekspackung aus der Tasche gezogen hat, oder ein Lautlutscher taucht hinter uns auf oder ein Dauerraschler vor uns. Nach mehrmaligem Platzwechsel finden wir dann meist doch noch eine knabberfreie Zone, und Ephraim kann beruhigt mit seinem Solo beginnen.

Die folgende Geschichte meines Knabbersolisten könnte man glatt als Rache des Schicksals interpretieren, und ich habe sie mit einer kleinen Spur Schadenfreude ausgewählt.

Salzstangen sind meine Lieblingsspeise

Bist du ganz sicher, Ephraim?« fragte meine Frau. »Ist es eine Einladung zum Essen?«

»Ja, soviel ich weiß …«

Hundertmal hatte ich es meiner Frau schon erklärt, und sie hörte nicht auf zu fragen. Ich selbst war am Telefon gewesen, als Frau Spiegel anrief und uns für Mittwoch halb neun Uhr abends einlud. Ich hatte die Einladung mit Dank angenommen und wieder aufgelegt. Das war alles. Nicht der Rede wert, sollte man meinen. Aber wir haben seither kaum über etwas anderes gesprochen. Immer wieder analysierten wir das kurze Telefongespräch. Frau Spiegel hatte nicht gesagt, daß es eine Einladung zum Abendessen war. Sie hatte aber auch nicht gesagt, daß es keine Einladung zum Abendessen war.

»Man lädt nicht für Punkt halb neun Gäste ein, wenn man ihnen nichts zu essen geben will«, lautete schließlich die Interpretation der besten Ehefrau von allen. »Es ist eine Dinnereinladung.«

Auch ich war dieser Meinung. Wenn man nicht die Absicht hat, seinen Gästen ein Abendessen zu servieren, dann sagt man beispielsweise: »Kommen Sie aber nicht vor acht« oder »Irgendwann zwischen acht und neun«, aber man sagt auf keinen Fall: »Pünktlich um halb neun.« Ich erinnere mich nicht genau, ob Frau Spiegel »pünktlich« gesagt hat, aber »um« hat sie gesagt. Sie hat es sogar deutlich betont, und in ihrer Stimme lag etwas unverkennbar Nahrhaftes.

»Ich kenne die Spiegels«, sagte meine Frau. »Bei denen biegt sich der Tisch, wenn sie Gäste haben.«

Am Mittwoch waren wir zu Mittag sehr beschäftigt und begnügten uns mit ein paar Brötchen. Als wir abends zu den Spiegels gingen, waren wir richtig ausgehungert, und vor unserem geistigen Auge erschien ein Buffet mit viel kaltem Geflügel, mit Huhn und Truthahn, Gans und Ente, mit Saucen und Gemüsen und Salaten. Hoffentlich machen sie vorher keine zu lange Konversation, die Spiegels. Hoffentlich warten sie damit bis nach dem Essen …

Gleich als wir die Spiegelsche Wohnung betraten, regten sich unsere alten Zweifel wieder. Wir waren die ersten Gäste, und die Spiegels zogen sich gerade noch an. Besorgt sahen wir uns um, entdeckten aber keinerlei kulinarische Anhaltspunkte. Es war der übliche Anblick: eine Sitzgarnitur, Fauteuils und Stühle um einen niedrigen Glastisch, auf dem sich eine große, flache Schüssel mit Mandeln, Erdnüssen und getrockneten Rosinen befand, in einer bedeutend kleineren Schüssel einige Oliven, in einer etwas größeren gewürfelte Käsestückchen mit Zahnstochern aus Plastik und schließlich ein edel geschwungenes Glasgefäß voll dünner Salzstangen.

Plötzlich durchzuckte mich der Gedanke, daß Frau Spiegel am Telefon vielleicht doch 20 Uhr 45 gesagt hatte und nicht 20 Uhr 30, ja vielleicht hatte sie überhaupt keinen genauen Zeitpunkt genannt, und wir hatten nur über Fellinis »8 $^{1}/_{2}$«gesprochen …

»Was darf's zum Trinken sein?«

Der Hausherr, noch mit dem Binden seines Schlipses beschäftigt, mixte uns einen John Collins, ein außerordentlich erfrischendes Getränk, bestehend aus einem Drittel Brandy, einem Drittel Soda und einem Drittel Collins. Wir trinken es sonst sehr gerne. Diesmal jedoch waren unsere Magennerven mehr auf Truthahn eingestellt, jedenfalls auf etwas Kompaktes. Nur mühsam konnten wir sie beruhigen, während wir unsere Gläser nahmen.

Der Hausherr stieß mit uns an und wollte wissen, was wir von Handke hielten. Ich nahm eine Handvoll Erdnüsse und versuchte eine Analyse der postmodernen Literatur, soweit sie *uns betraf, stellte aber bald fest, daß mir das Material ausging. Was ist denn auch eine einzige Schüssel mit Erdnüssen und Mandeln für einen erwachsenen Menschen?*

Ganz ähnlich erging es meiner Frau. Sie hatte den schwarzen Oliven mit einem Satz den Garaus gemacht und schwere Verwüstungen unter den Käsewürfeln angerichtet. Als wir auf die weltweite Abrüstung zu sprechen kamen, befanden sich auf dem Glastisch nur noch ein paar verlassene Gurkenscheiben.

»Einen Augenblick«, sagte Frau Spiegel, wobei sie es fertigbrachte, gleichzeitig zu lächeln und die Augenbrauen hochzuziehen. »Ich hole noch etwas.«

Und sie verließ das Zimmer, die leeren Schüsseln im Arm. Durch die offene Tür versuchten wir irgendwelche Anzeichen von Küchenarbeit zu entdecken. Das Ergebnis war niederschmetternd. Die Küche glich einem Operationssaal, so steril und weiß und ruhig lag sie da …

Inzwischen – es ging auf neun – waren noch einige Gäste eingetroffen. Mein Magen begrüßte jeden einzelnen mit lautem Knurren.

Die Konversation wandte sich der erfolgreichen Amerikareise unseres Finanzministers zu:

»Man kann sagen, was man will«, sagte jemand, der etwas sagen wollte. »Er läßt sich in den USA nicht unterkriegen.«

Nicht? Ich hätte ihn gern gesehen, wenn er in Amerika zum Dinner nichts als Erdnüsse bekommen hätte. Ich, zum Beispiel, hatte schon nach der zweiten Schüssel Magendrücken. Nicht daß ich gegen Erdnüsse etwas habe. Die Erdnuß ist ein schmackhaftes, vitaminreiches Nahrungsmittel. Aber sie ist kein Ersatz für Truthahn oder Fischsalat mit Mayonnaise.

Ich sah mich um. Meine Frau saß mir mit kalkweißem

Gesicht gegenüber und griff sich in diesem Augenblick gerade an die Kehle, offenbar um den John Collins zurückzudrängen, der gegen die Gurken und Rosinen rebellierte. Ich nickte ihr zu, warf mich auf eine eben eintreffende Ladung frischer Käsewürfel und verschluckte in der Eile einen Plastikzahnstocher. Frau Spiegel tauschte befremdete Blicke mit ihrem Gatten und erhob sich, um neue Vorräte herbeizuschaffen.

Jemand meinte gerade, daß die Zahl der Arbeitslosen stetig zunehme.

»Kein Wunder«, bestätigte ich. »Das ganze Volk hungert.«

Das Sprechen fiel mir nicht leicht, denn ich hatte den Mund voller Salzstangen. Aber es ärgerte mich, dummes Geschwätz über angeblich steigende Arbeitslosenzahlen zu hören, während in einer komfortablen Wohnung Leute saßen, die nichts sehnlicher wünschten als ein Stück Brot.

Meine Frau war mit dem dritten Schub Rosinen fertiggeworden, und auf den Gesichtern unserer Gastgeber zeigte sich Panik. Herr Spiegel füllte die Lücken in den Schüsseln mit Karamellen aus, aber die Lücken waren bald wiederhergestellt. Schließlich hatten wir seit dem frühen Morgen fast nichts zu uns genommen.

Die Salzstangen knirschten und krachten in meinem Mund, so daß ich kaum noch etwas vom Gespräch verstand. Während sie sich zu einer breiigen Masse verdickten, sicherte ich mir einen neuen Vorrat von Mandeln. Mit den Erdnüssen war es vorbei, Oliven gab es noch. Ich aß und aß. Die letzten Reste meiner sonst so vorbildlichen Selbstbeherrschung schwanden dahin. Ächzend und stöhnend stopfte ich mir in den Mund, was immer in meiner Reichweite lag. Meine Frau troff vor Karamellen und sah mich aus verklebten Augen *anklagend an. Sämtliche Schüsseln auf dem niedrigen Glastischchen waren kahlgefegt. Auch ich war am Ende. Ich konnte nicht mehr weiter. Als Herr Spiegel aus der Nachbarwohnung zurückkehrte und einen Teller mit Salzmandeln vor mich hinstellte, mußte ich mich abwenden. Ich glaubte zu platzen. Der bloße Gedanke an Nahrungsaufnahme verursachte mir Übelkeit.*

»Hereinspaziert, meine Herrschaften.«

Frau Spiegel öffnete die Tür zum anschließenden Zimmer. Ein weißgedeckter Tisch wurde sichtbar und ein Buffet mit viel kaltem Huhn und Truthahn, Gans und Ente, mit Saucen und Gemüsen und Salaten …

Der Rest ist Schweigen.

Der Held vieler seiner Satiren, der charmante und pfiffige Gauner Jossele, hat Ephraim von jeher fasziniert und ein wenig auch seinen Neid geweckt. Er ist der festen Meinung, Gaunerei sei ein Beruf, der anderen intellektuellen Betätigungen in nichts nachsteht. Die Anforderungen seien lediglich größer. Ein qualifizierter Gauner müsse Intuition, Diplomatie und psychologisches Wissen über menschliche Schwächen gleichermaßen besitzen.

»Warum sollte eine derartige Begabung nicht genützt

werden, um Problemen oder Konflikten aus dem Wege zu gehen, die auf herkömmliche Weise nicht oder nur äußerst kompliziert gelöst werden können?« fragt der ehrenwerte Bürger Ephraim und gesteht in beeindruckender Offenheit, er selbst sei leider viel zu feige, um im wahren Leben zu betrügen. Er begnüge sich lieber damit, seine kriminellen Neigungen am Schreibtisch auszuleben.

So wurde Jossele geboren, der eigentlich Ephraim ist oder zumindest jemand, der Ephraim gerne sein würde und der einer durchaus pragmatischen Ideologie folgt: Iß und trinke jetzt, denn dein Magengeschwür wird dich in späteren Jahren ohnedies daran hindern.

Chaim Topol, der Jossele in Ephraims Film verkörperte – und dort den ungarischen Spitznamen »Erwinke« trug –, erzählte mir, wie mein Mann ihn im New Yorker Plaza bekümmert auf die Gäste des luxuriösen Manager-Restaurants aufmerksam machte: »Schau sie dir an, diese alten, verknöcherten Langweiler. Sie essen Delikatessen, die sie nicht verdauen können, in Begleitung von Frauen, die sie nicht befriedigen können. Und draußen lungern die Jungen herum, die in jeder Hinsicht über gesunden Appetit verfügen und nur die Mittel nicht haben, ihn zu stillen. Wäre es nicht sinnvoll, in der Wirtschaft umzudenken, die Jungen zu Höchstverdienern zu machen und mit den Jahren die Löhne zu senken?«

Für sich hat Ephraim diese Idee am wenigsten nutzen können. Den schnellen Karriereschub in jungen Jahren hat er verpaßt, wenn auch nicht aus eigener Schuld. Seine große Begabung auf dem Bereich der Gaunerei aber hat er bereits sehr früh nutzen können, um seinen Henkern zu entkommen. Heute, im Alter, hat er es nicht mehr nötig, sich Erfolg zu erschwindeln. Heute benutzt der erfahrene Schelm sein beträchtliches Know-how auf dem Gebiet der »practical jokes« nur noch, um mit seiner Umwelt seinen Spaß zu treiben.

Ephraim ist ein logischer Mensch, und dennoch bereitet es ihm unbändiges Vergnügen, kindische Spielchen auszuklügeln und seine Freunde damit auf den Arm zu nehmen. So scheut er keineswegs davor zurück, noch spät am Abend einen Freund anzurufen und dem verschlafenen Mann aufgeregt zu erzählen, ich, die beste Ehefrau von allen, sei seit Mittag spurlos verschwunden. Und er, Ephraim, sei überzeugt gewesen, ich sei beim Friseur und brüte wie immer seit Stunden unter der Trockenhaube …

»Und«, fragt der Freund, »was ist passiert? Hast du beim Friseur angerufen?«

»Natürlich«, antwortet mein alberner Mann, »natürlich habe ich angerufen.«

»Und«, so der Freund atemlos, »was hat er gesagt?«

»Er hat gesagt, sie wäre dort und brüte seit Stunden unter der Trockenhaube. Gute Nacht.«

Und manchmal komme auch ich an die Reihe.

»Vor einer Woche habe ich in meiner linken Armbeuge einen kleinen, braunen Fleck entdeckt«, verkündet mir Ephraim. »Ich habe gehofft, Kleine, er wäre harmlos und vergeht.«

»Und?«

»Er ist vergangen.«

Je alberner, desto glücklicher ist Ephraim. Man sagt, auch Albert Einstein habe derlei Blödeleien geliebt. Mir jedenfalls ist Jossele lieber.

Intensivkurs für Lebenskünstler

Ich fragte Jossele, ob er am Sabbatvormittag nicht mit mir an den Strand gehen wolle.

»Das wird leider nicht gehen«, sagte Jossele. »Wegen meiner Bar-Mizwa.«

»Entschuldige, Jossele. Wessen Bar-Mizwa, sagtest du?«

»Das weiß ich nicht. Es interessiert mich auch nicht. Hauptsache ist: Bar-Mizwa. Willst du mitkommen?«

Damit begann es. Jossele eröffnete mir, daß er schon seit vielen Jahren seine Sabbatvormittage regelmäßig im »Industriellen-Club« von Tel Aviv verbringt, weil dort immer etwas los sei – ein Empfang, eine Hochzeit oder eine Bar-Mizwa, um einen Fratz zu feiern, der zufällig gerade 13 Jahre alt geworden ist. »In jedem Fall bekommt man sehr gut zu essen und zu trinken«, klärte er mich auf. »Dann geht man mit einem Mädchen oder mit einem kleineren Darlehen weg und hat eine schöne Erinnerung. Ich empfinde solche Sabbatvormittage als Krönung der Woche.«

Pünktlich um elf, angetan mit unseren dunkelsten Anzügen, betraten wir den Industriellenpalast. Unterwegs bat ich Jossele um Tips für richtiges Verhalten, aber das lehnte er ab. Darauf müsse man selber kommen, oder man bliebe besser zu

Hause. Das einzige, was er mir riete: am Tag vorher nichts zu essen.

Einige tausend Personen waren bereits versammelt, als wir ankamen. Am Eingang stand ein gutgekleidetes, sichtlich wohlhabendes Ehepaar, das die Gäste empfing und sehr erschöpft wirkte. Daneben trat der Held des Tages, ein dümmlich grinsender Knabe, von einem Fuß auf den anderen. Wir schlossen uns der langsam sich dahinschiebenden Schlange an.

»Maseltow!« sagten wir unisono, als wir vor den Eltern standen, und schüttelten ihnen herzlich die Hände. »Wir gratulieren!«

»Danke«, antworteten die Eltern unisono. »Wir freuen uns, daß Sie gekommen sind.«

Dann beugte sich Jossele zur eigentlichen Hauptperson nieder und tätschelte die Wangen des mannbar gewordenen Jünglings, der errötete und ein verlegenes Kichern durch die Nase stieß.

»Wer sind die zwei?« hörte ich, als wir weitergingen, die Stimme der Mutter in meinem Rücken und hörte die Stimme des Vaters antworten: »Keine Ahnung. Wahrscheinlich von irgendeiner Gesandtschaft.«

Kaum hatten wir den großen Empfangssaal betreten, als Jossele zur Eile trieb. »Rasch zum Buffet! Jede Sekunde zählt. Man sollte es nicht glauben, aber manche Leute kommen nur her, um sich vollzufressen. Wenn wir uns nicht beeilen, bekommen wir nichts mehr.«

Die Brötchen waren ganz hervorragend, besonders die mit gehackter Gänseleber. Wir aßen je zwanzig und spülten mit etwas Bier und Kognak nach, um Platz für die Würstchen und die Bäckereien zu schaffen, die bald darauf gereicht wurden. Schon nach einer halben Stunde fühlten wir uns wie zu Hause. Ich winkte einen Kellner herbei, der mit einem bereits geleerten Tablett davoneilen wollte, und bestellte eine Eistorte, aber dalli, dalli. Jossele bestellte ein Beefsteak und nachher eine Mousse au chocolat. Einige Gläser Champagner regten unseren Appetit auf die Ananas wieder an. Während des Essens machten wir die Bekanntschaft zweier Minister und baten sie um Posten. Dann interviewten wir den Rektor der Universität Jerusalem. Eine dicke Dame verteilte Freikarten fürs Theater. Wir nahmen sechs.

Nach zwei anregenden Stunden sah Jossele prüfend zur Küchentür und deutete dann zum Ausgang. Jetzt käme nichts mehr, sagte er.

Wir gingen also am großen Tisch vorbei, auf dem die Bar-Mizwa-Geschenke aufgebaut waren. Jossele wählte eine Bibel und ein englisches Wörterbuch, das er schon lange gesucht hatte, ich entschied mich für eine Luxusausgabe von Shakespeares Werken und ein Paar Schlittschuhe.

Nächste Woche gehen wir zu einer Hochzeit.

Der inzwischen legendäre Pokersketch wurde zum ersten Mal in Ephraims damaligem Theater uraufgeführt. Er war nach seiner, natürlich ungarischen Lieblingsspeise »Die grüne Zwiebel« benannt. Eine der Hauptrollen spielte zu jener Zeit unser Freund und Ephraims Partner, Topol, der 30 Jahre später in dem Film »Fiddler on the Roof« als Tevje, der Milchmann, die Welt eroberte.

Dieses Pokerspiel, das nur im Kopf, ohne jede Karte gespielt wird, ist längst ein Klassiker. Die Pointe wird immer wieder aktualisiert, das heißt, immer nach der jeweils bekanntesten Persönlichkeit benannt, die alle anderen Karten sticht.

Der erste Trumpf war natürlich Ben Gurion, danach hat Mosche Dajan lange Zeit das Spiel entschieden, bis er von Golda Meir abgelöst wurde. Heute ist irgendein Popstar das alles überbietende As.

Für mich war Poker stets ein Zauberwort, stamme ich doch aus einer Familie mit ehrwürdiger Poker-Tradition. Nach der Legende wurde mein Großvater in die sibirische Verbannung geschickt, nachdem er einen Kosaken geohrfeigt hatte, der ihn in einem durchaus fairen Pokerspiel geschlagen hatte.

Diese schöne Überlieferung verpflichtete meinen Vater, einen Tag erst zu beschließen, wenn er ein paar Stunden oder ein paar Nächte Poker gespielt hatte. War er schlecht gelaunt, gab es für uns keinerlei Zweifel: Heute abend war keine Pokerrunde zustande gekommen …

In den letzten Jahren seines Lebens war er ans Haus gebunden, und das Kartenspiel war sein einziges Vergnügen geworden. Gleich vor unserem Haus, an der nächsten Straßenecke, befand sich ein Taxistand, und wenn der alte Lipowitz anrief, wußten die Fahrer schon, daß kein Taxi, sondern eine vierte Hand benötigt wurde, die dann auch umgehend zur Stelle war. Nach der Erbschaft zu urteilen, die mein lieber Vater hinterließ, sind die Tel Aviver Taxifahrer ganz ausgezeichnete Pokerspieler …

Ephraim war noch nie ein Freund von Karten- oder gar Glücksspielen. Dies ist nicht seine Art von Beschäftigung. Denn, ganz egal, in welch seelischer Verfassung er sich gerade befindet, sein Gesichtsausdruck zeigt stets tiefe Besorgnis, so als breche jeden Moment die Welt über ihm zusammen – und kein Spiel, bei dem man ein »Poker-Face« braucht, kann so gewonnen werden.

Art Buchwald, der berühmte amerikanische Humorist, sagte einmal, mit Ephraim sei nicht einmal das Schach, das er nun weiß Gott beherrscht, ein wirkliches Vergnügen. Ephraim sehe stets so drein, als würde sich auf dem Schachbrett sogleich eine schreckliche Katastrophe ereignen.

Es ist paradox: Ein über die Maßen exzellenter Lügner in seinen Geschichten, ist Ephraim beim Poker ein ebenso miserabler Bluffer.

Erst in Las Vegas hat Ephraim dann sein Idealspiel gefunden, an den Spielautomaten, die er etwas eigenwillig, ganz im Sinne seines literarischen Helden Jossele bedient.

Josseles Spiel funktioniert so:

In der Halle des Kasinos stehen die unzähligen blinkenden Spielautomaten, umringt von all den hoffnungsvollen Irren mit den typischen Papierbechern in der Hand, bis obenhin gefüllt mit Münzen, die an der Kasse zu erwerben sind. Was macht Ephraim alias Jossele? Er besorgt sich ebenfalls einen gefüllten Becher, steckt eine Münze in den Schlitz der Maschine und zieht am Hebel. Sobald der Automat zum Stillstand kommt, schüttet er blitzschnell den gesamten Inhalt seines Papierbechers mit ohrenbetäubendem Krach in die Metallschale und empfängt erfreut den Münzenschauer, der über ihn hereinbricht. Kein echter Gewinn könnte Ephraim so beglücken wie die neidischen und irritierten Blicke der Umstehenden nach diesem »Do-it-yourself-Jackpot«.

Dieser kuriose Streich ist typisch für meinen Mann. Auch beim Glück verläßt er sich nicht auf das Glück. Er »schmiedet« es lieber selbst.

Poker ist keine Glückssache

Wir waren schon eine ganze Weile lang am Tisch gesessen und hatten wortlos in unserem Kaffee gerührt. Jossele langweilte sich.

»Weißt du was?« sagte er endlich. »Spielen wir Poker!«

»Nein«, sagte ich. »Ich hasse Karten. Ich verliere immer.«

»Wer spricht von Karten? Ich meine jüdisches Poker.«

Jossele erklärte mir kurz die Regeln. Jüdisches Poker wird ohne Karten gespielt, nur im Kopf, wie es sich für das Volk des Buches nun einmal gehört.

»Du denkst dir eine Ziffer, und ich denk mir eine Ziffer«, erklärte mir Jossele. »Wer sich die höhere Ziffer gedacht hat, gewinnt. Das klingt sehr leicht, aber es hat viele Fallen. Also?«

»Einverstanden«, sagte ich. »Spielen wir.«

Jeder von uns setzte fünf Schekel, dann lehnten wir uns zurück und begannen uns Ziffern auszudenken. Bald deutete mir Jossele an, daß er seine Ziffer gefunden hätte. Ich nickte.

»Gut«, sagte Jossele. »Laß deine Ziffer hören.«

»11«, sagte ich.

»12«, sagte Jossele und steckte das Geld ein. Ich hätte mich ohrfeigen können. Denn ich hatte zuerst 14 gedacht und war erst im letzten Augenblick auf 11 heruntergegangen, ich weiß selbst nicht warum.

»Hör zu«, sagte ich zu Jossele. »Was wäre geschehen, wenn ich 14 gedacht hätte?«

»Dann hätte ich verloren. Das ist ja der Reiz des Pokerspiels, daß man nie wissen kann, wie es ausgeht. Aber wenn deine Nerven fürs Hasardieren zu schwach sind, dann sollten wir vielleicht aufhören.«

Ohne ihn einer Antwort zu würdigen, legte ich zehn Schekel auf den Tisch. Jossele ebenso. Ich dachte sorgfältig über meine Ziffer nach und kam mit 18 heraus.

»Verdammt«, sagte Jossele. »Ich hab nur 17.«

Heimlich lächelnd strich ich das Geld ein. Jossele hatte sich wohl nicht träumen lassen, daß ich mir die Tricks des jüdischen Pokers so rasch aneignen würde. Er hatte mich wahrscheinlich auf 15 oder 16 geschätzt, aber bestimmt nicht auf 18. Jetzt, begreiflicherweise verärgert, verdoppelte er den Einsatz.

»Wie du willst«, sagte ich und konnte einen kleinen Triumph

in meiner Stimme nur mühsam unterdrücken, weil ich mittlerweile auf eine phantastische Ziffer gekommen war: 35!

»Komm heraus«, sagte Jossele.

»35!«

»43!«

Damit nahm er die vierzig Schekel an sich. Mir stieg das Blut zu Kopf. Meine Stimme zitterte:

»Darf ich fragen, warum du vorhin nicht 43 gesagt hast?«

»Weil ich mir 17 gedacht hatte«, antwortete Jossele indigniert. »Das ist ja eben das Aufregende an diesem Spiel, daß man nie …«

»100 Schekel«, unterbrach ich trocken und warf eine Banknote auf den Tisch. Jossele legte seinen Schein herausfordernd langsam daneben. Die Spannung wuchs ins Unerträgliche.

»54«, sagte ich gezwungen gleichgültig.

»Zu dumm!« fauchte Jossele. »Auch ich hab mir 54 gedacht. Gleichstand.«

In meinem Hirn arbeitete es blitzschnell. Du glaubst wahrscheinlich, daß ich mit 55 herauskommen werde, mein Junge, dachte ich. Aber du wirst eine Überraschung erleben … Ich wählte die unschlagbare Ziffer 69 und sagte, zu Jossele gewandt:

»Jetzt kommst einmal du als erster heraus, Jossele.«

»Bitte sehr.« Mit verdächtiger Eile stimmte er zu. »Mir kann's recht sein. 70!«

Ich mußte die Augen schließen. Mein Puls hämmerte, wie er seit der Belagerung von Jerusalem nicht mehr gehämmert hatte.

»Nun?« drängte Jossele. »Wo bleibt deine Ziffer?«

»Jossele«, flüsterte ich und senkte den Kopf. »Ob du's glaubst oder nicht: Ich hab sie vergessen.«

»Lügner!« empörte sich Jossele, »Du hast sie nicht vergessen, ich weiß es. Du hast dir eine kleinere Ziffer gedacht und willst jetzt nicht damit herausrücken! Ein alter Trick! Schäm dich!«

Am liebsten hätte ich ihm die Faust in seine widerwärtige Fratze geschlagen. Aber ich beherrschte mich, erhöhte den Einsatz auf 200 Schekel und dachte im gleichen Augenblick 96, eine wahrhaft mörderische Ziffer.

»Komm heraus, du Stinktier!« zischte ich.

Jossele beugte sich über den Tisch und zischte zurück: »1683!«

Eine haltlose Schwäche durchzitterte mich.

»1800«, flüsterte ich kaum hörbar.

»Gedoppelt!« rief Jossele und ließ die 400 Schekel in seiner Tasche verschwinden.

»Wieso gedoppelt? Was soll das heißen?

»Nur ruhig. Wenn du beim Poker die Selbstbeherrschung verlierst, verlierst du Hemd und Hose«, belehrte mich Jossele gönnerhaft. »Jedes Kind kann dir erklären, daß meine Ziffer als gedoppelte höher ist als deine.«

»Genug!« schnarrte ich und schleuderte 500 Schekel auf den Tisch. »2000!«

»2417!«

»Gedoppelt!« Höhnisch griff ich nach dem Einsatz, aber Jossele fiel mir in den Arm.

»Redoubliert!« sagte er unverschämt, und die 500 Schekel gehörten ihm. Vor meinen Augen flatterten blutrote Schleier.

»So einer bist du also«, stammelte ich. »Mit solchen Mitteln versuchst du es! Als hätte ich's nicht ganz genauso machen können.«

»Natürlich hättest du's ganz genauso machen können«, bestätigte mir Jossele. »Es hat mich sogar überrascht, daß du es nicht gemacht hast. Aber so geht's im Poker. Entweder kannst du es spielen, oder du kannst es nicht spielen.«

Der Einsatz betrug jetzt 1000 Schekel.

»Deine Ansage, bitte!« knirschte ich.

Jossele lehnte sich zurück und nannte seine Ziffer: »4.«

»100 000!« trompetete ich.

Ohne das geringste Zeichen von Erregung kam Josseles Stimme:

»Ultimo!« Und er nahm die 1000 Schekel an sich.

Ich brach zusammen. Jossele belehrte mich tröstend, daß nach dem sogenannten Hoyleschen Gesetz derjenige Spieler, der als erster »Ultimo« ansagt, auf jeden Fall und ohne Rücksicht auf die Ziffer gewinnt. Das sei ja gerade der besondere Spaß beim Poker, daß man innerhalb weniger Sekunden …

»2000!« Ich legte mein letztes Geld in die Hände des Schicksals.

Josseles 2000 Schekel lagen daneben. Auf meiner Stirn standen kalte Schweißperlen. Ich sah Jossele scharf an.

»Wer sagt an?« fragte er.

»Du«, antwortete ich lauernd. Und er ging mir auf den Leim wie eine Fliege.

»Ultimo«, sagte er und streckte die Hand nach dem Gewinn aus.

»Einen Augenblick«, sagte ich eisig. »Michael Jackson!«

Und schon hatte ich die 4000 Schekel eingestrichen. »Jack-

son ist stärker als Ultimo«, erläuterte ich. »Aber es wird spät. Wir sollten Schluß machen.«

Schweigend erhoben wir uns. Ehe wir gingen, unternahm Jossele einen kläglichen Versuch, sein Geld zurückzubekommen. Er behauptete, das mit Michael Jackson sei eine Erfindung von mir. Ich widersprach ihm nicht. Aber, so sagte ich, darin besteht ja gerade der Reiz des jüdischen Pokers, daß man gewonnenes Geld niemals zurückgibt.

Mein Angetrauter hat seine eigenen Prinzipien, und diese erlernt er nicht, nein, er erfindet sie. Wenn er damit bei Freunden auf Befremden stößt, pflegt er zu sagen: »So steht's im Talmud.« Manchmal stimmt das sogar, wie zum Beispiel im Fall seiner Lieblingsthese, die da lautet: Man glaubt eher, was man hört, als was man sieht.

Ephraim behauptet also, das Auge könne sich irren, die Ohren hingegen seien weitaus zuverlässiger. Raffiniert, wie er ist, hat er dafür auch gleich einen Beweis zur Hand: eine Sinnestäuschung in der Wüste, die Fata Morgana, kann man sehen, niemand jedoch hat bisher eine Fata Morgana gehört ...

Ob er wirklich recht hat, weiß ich zwar nicht, aber das

ist eigentlich auch gar nicht so wichtig. Die betreffende Geschichte gibt es inzwischen als Bühnenstück und als Fernsehfilm, und das ist wohl Beweis genug dafür, daß in seiner Satire, wie so oft, ein Körnchen Wahrheit steckt.

Augenzeugen müssen blind sein

Wenn die Bevölkerung bereits tatkräftig für das Bruttosozialprodukt tätig ist, bringe ich gerade noch die Energie auf, mich von einer Seite auf die andere zu wälzen und weiterzuschnarchen. Man wird sich also meinen Schock vorstellen können, als ich eines Nachts um sieben Uhr durch wildes Klopfen aus meinem Schlaf geschreckt wurde. Ich tastete mich hinaus, aber da hatte Manfred Toscanini die Tür bereits aufgebrochen und stand im Pyjama vor mir.

»Weißt du es schon?« fragte er atemlos.

»Nein«, antwortete ich mit halbgeschlossenen Augen. »Ich will schlafen.« Damit strebte ich vor Müdigkeit torkelnd zum Schlafzimmer zurück.

Mein Nachbar hielt mich an der Hose fest.

»Mensch!« keuchte er. »Das Gewerkschaftshaus auf der Arlosoroffstraße ist in die Luft gegangen! Eine Katastrophe!«

»Wie gut muß ich geschlafen haben, wenn mich nicht einmal diese Explosion geweckt hat«, brummte ich gähnend.

»Ich habe auch nichts gehört«, gestand Manfred. »Aber Kunstetter sagt, daß ihm beinahe das Trommelfell geplatzt wäre. Er war schon um fünf bei mir und ist dann zu den Wohnblocks 1, 2 und 3 weitergelaufen. Ich habe es übernommen,

Block 4, 5 und 6 zu benachrichtigen, damit keine Panik entsteht. Kunstetter ist überzeugt, daß das Haus von Terroristen gesprengt wurde. Über den Ruinen liegen dicke Rauchschwaden. Manchmal sieht man noch kleine Stichflammen in die Höhe schießen.«

Es erschütterte mich, mir das einst so stolze Gebäude als rauchenden Trümmerhaufen vorzustellen. Doch ärgerte ich mich gleichzeitig darüber, daß mein Freund Manfred von der Wirkung seiner Nachricht so stolzgebläht war, als hätte ihm sein Chef auf die Schulter geklopft.

»Sag einmal, Toscanini, was macht dich eigentlich so glücklich?« fragte ich unwirsch. »Wozu soll es gut sein, daß dieses Haus in die Luft gegangen ist?«

Manfred Toscanini sah mich verächtlich an.

»In den Blocks, in denen ich bisher war, hat mir kein Mensch eine so blöde Frage gestellt. Ich bin durchaus nicht glücklich. Ich bin nur nicht so borniert wie du. Als altes Gewerkschaftsmitglied sage ich dir: Es ist ganz gut, wenn wir von Zeit zu Zeit merken, daß es in diesem Land auch noch andere Kräfte gibt. Um das Haus ist es allerdings schade, das stimmt. Eine Katastrophe.«

Mittlerweile war ich so rettungslos wach geworden, daß ich die Fensterläden öffnete und in die Welt hinausblinzelte. Der neue Tag zog strahlend auf. Vom Mittelmeer wehte eine kühle Brise. Die Wäsche der Familie Kalaniot von nebenan trocknete auf unserem Rasen. Zwei junge Hunde jagten einander im Kreis. Von der Arlosoroffstraße her grüßte das imposante Gewerkschaftsgebäude. Gerade kam der Zeitungsjunge auf seinem Fahrrad vorüber, verspätet wie immer.

»Verzeih, wenn ich dir widerspreche, aber die Explosion des

Gewerkschaftshauses scheint sich erst im Stadium der Planung zu befinden. Das Haus steht noch.«

Manfred versuchte, mit seinen Pantoffeln verschiedene Figuren auf den Teppich zu zeichnen, und sah mich nicht an.

»Das Haus ist vollkommen unbeschädigt«, sagte ich mit Nachdruck. »Hast du gehört?«

»Natürlich hab ich gehört. Ich bin ja nicht taub.«

»Willst du es dir nicht anschauen?«

»Nein. Das hat keinen Zweck. Es ist ja heute nacht in die Luft gesprengt worden. Eine Katastrophe.«

»Aber du kannst es doch hier vom Fenster mit deinen eigenen Augen sehen!«

»Genug!« brauste Manfred auf. »Du bist wirklich störrisch wie ein Maulesel! Nimm gefälligst zur Kenntnis, daß ich meine Information aus absolut sicherer Quelle habe.« Er warf mir noch ein paar wütende Blicke zu, aber dann wich sein Zorn freundschaftlichem Mitleid. »Na, mach dir nichts draus, mein Alter. Kopf hoch. Man muß auch solche Schicksalsschläge ertragen können. Weiß Gott, wer ein Interesse an dieser Explosion hatte ... eine Katastrophe ... Rauchwolken ... Stichflammen ...«

Die Wolke, die mich jetzt umfing, war nicht rauchig, sondern rot, blutig rot.

»Zum Teufel!« brüllte ich. »Was stehst du da und erzählst mir Märchen, wo du doch nur ein paar Schritte zum Fenster machen mußt, um dich selbst zu überzeugen.«

»Ich brauche mich nicht zu überzeugen. Kunstetters Wort genügt mir.«

»Und wenn Kunstetter hundertmal sagt ...«

»Einen Augenblick!« Empört fiel mir Manfred ins Wort.

»Willst du damit vielleicht sagen, daß Kunstetter ein Lügner ist? Das werde ich ihm erzählen. Du kannst dich auf etwas gefaßt machen!«

»Wer ist denn dieser Kunstetter überhaupt?«

»Also bitte. Da haben wir's. Weiß nicht einmal, wer Kunstetter ist, aber nennt ihn vor der ganzen Welt einen Lügner!«

Ich sackte zusammen und brach in Tränen aus. Manfred strich mir teilnahmsvoll übers Haar.

»Falls du Wert darauf legst«, sagte er begütigend, »kann ich dir Augenzeugen bringen, die mit ihren eigenen Ohren gehört haben, wie Kunstetter gesagt hat, daß vom ganzen Gewerkschaftsgebäude nur ein paar Stichflammen übriggeblieben sind. Eine Katastrophe.«

»Aber hier, von diesem Fenster ...«, wimmerte ich.

»Auch das Radio hat es gemeldet, wenn dich das beruhigt.«

»Welches Radio?«

»Kunstetters Apparat. Eine ganz neue Anlage. Quadrophonie.«

Ein paar Sekunden lang war ich drauf und dran, ihm zu glauben. Das menschliche Auge kann irren, aber Kunstetter bleibt Kunstetter. Dann warf ich mich röchelnd auf Manfred Toscanini und zerrte ihn ans Fenster.

»Da, schau! Schauen sollst du! Hinausschauen!«

»Wozu?« Manfred schloß die Augen und krümmte sich in meinem eisernen Griff. »Wenn ich zum Fenster hinausschauen wollte, könnte ich ja zu meinem eigenen Fenster hinausschauen. Aber Kunstetter hat gesagt ...«

»Schau, schau hinaus, schau, schau hinaus!« Ich hatte ihn bei den Haaren gepackt und schlug seine Stirn im Takt gegen den Fensterrahmen. »Schau hinaus und sag mir, ob sie das

Haus in die Luft gesprengt haben oder nicht. Ob das Haus dasteht oder nicht.«

»Jetzt steht es da«, sagte Manfred.

»Was heißt das -jetzt?«

»Es wurde heute nacht in die Luft gesprengt und am Morgen wieder aufgebaut.«

Meine Arme sanken herunter. Manfred eilte fluchend in den klaren Morgen hinaus, um die restlichen Hausbewohner über die Katastrophe zu informieren.

Ich schleppte mich mühsam ins Bett zurück, schloß die Augen und fiel kurze Zeit später in einen ungesunden Schlaf, der auch pünktlich in einen Alptraum mündete. Sämtliche Atombombenvorräte sämtlicher Großmächte waren durch einen bedauerlichen Irrtum gleichzeitig explodiert und die ganze Welt lag in Trümmern. Nur das Gewerkschaftsgebäude stand unversehrt da.

Ich muß Kunstetter fragen.

Ephraim ist kein Feinschmecker. Ganz im Gegenteil. Seit seiner Jugend, in der er wegen seiner schrecklichen Magerkeit von der gesamten Familie zum Essen gezwungen wurde, ist Essen für ihn eine lästige Zeitverschwendung.

Sein kulinarisches Wissen beschränkt sich bis heute im wesentlichen auf die ungarische Küche, und jede Speise, die im Geschmack auch nur annähernd an »gyulai kolbász« herankommt, wird sofort mit dem Titel »Delikatesse« ausgezeichnet.

Als er in einer Fernsehsendung um eine Interpretation des »Guten an sich« von Kant gebeten wurde, erklärte er, ohne zu zögern, das sei eine ungarische Salami, hauchdünn geschnitten.

Dennoch gehen wir recht gerne auswärts essen, wobei ich Ephraims Empfehlungen nicht unbedingt folge. Auch das Verleihen von »Michelin-Sternen« sollte man nicht unbedingt ihm überlassen.

Aber es gibt noch einen anderen Grund, warum mir schon bald nach Betreten unseres gemeinsamen Lebensweges klar war, daß ein Essen mit meinem Auserwählten nur im Restaurant möglich sei.

Jedesmal, wenn ich ihn im trauten Heim zu Tisch bitte und die Schüssel dampft, die ich im Schweiße meines Angesichts gefüllt habe, ist Ephraim wie vom Erdboden verschwunden.

Es ist zum Verzweifeln!

Inzwischen weiß ich zwar, daß uns sein Kindheitstrauma einen Streich spielt, daß er wieder zum zaundürren Kind wird, das man zum Essen zwingen will. In dem Augenblick, in dem ich Ephraim zu Tisch rufe, verwandle ich mich nämlich für ihn übergangslos in seine Mutter. Er erinnert sich, wie er bedrängt wurde zu essen, damit er um Gottes willen groß und stark werde.

Vor 60 Jahren lebte die Menschheit eben noch in dem

festen Glauben, nur korpulente Menschen wären gesund, und so wurde Ephraim von seiner lieben Mutter wie eine ungarische Gans gemästet.

Irgendwann habe ich dann kapituliert und bin inzwischen mit der Patentlösung der Restaurants ganz glücklich geworden. Außerdem koche ich weder gern noch gut.

Keine Lösung ohne Problem. So hat auch diese einen Haken, denn im Restaurant erwartet uns die heiße Suppe. Aber Suppe, wie heiß auch immer, Suppe muß sein, und zwar sofort. Sobald sich der Kellner mit dem rauchenden Teller nähert, fällt Ephraim dann ebenso siedend heiß ein, daß er vergessen hat, seine Eiswürfel zu bestellen. Die Augen des Kellners werden glasig, denn diese Kombination ist dem armen Kerl völlig neu.

»Nicht der Geschmack der Suppe entscheidet, mein Freund, sondern ihre Temperatur«, erklärt ihm mein Auserwählter, wobei er gar nicht merkt, daß das Weltbild des Kellners soeben zusammengebrochen ist.

An schlechten Tagen haben wir nicht die Kraft, den Kellner leiden zu sehen. Dann bestellen wir einfach ein Glas Wasser mit Eis, fischen die Eiswürfel heraus und lassen sie ganz unauffällig in die heiße Suppe gleiten. Was Eiswürfel betrifft, ist Ephraim eben ein Mann mit eisernen Prinzipien.

Suppe immer nur mit Eis.

In der untersten Schublade unseres Kühlschranks liegt, eingewickelt in Plastikfolie und aus gutem Grunde völlig isoliert, die Nummer zwei auf der Liste von Ephraims ausgewählten Lieblingsspeisen, die grüne

Zwiebel. Ich empfinde für dieses sehr stark und äußerst schlecht riechende Gemüse tiefen Abscheu, ist es doch die perverse Lust meines Ungarn auf das grüne Zeugs, die zwischen meiner Jugendliebe und mir zuweilen eine fast unüberwindbare Mauer errichtet.

Beim Einkaufen bin ich immer in Versuchung, das greuliche Gewächs ganz einfach zu vergessen, und manchmal gebe ich meiner Empfindung auch nach. Daß ich mit der Erfüllung dieser schweren Pflicht nobelste Opferbereitschaft unter Beweis stelle und meinen Titel »beste Ehefrau von allen« einmal mehr rechtfertige, sei nur nebenbei angemerkt.

Wer meint, die seltsamen Eßgewohnheiten Ephraims sorgten lediglich in Restaurants für Verlegenheit, der irrt sich gewaltig. Einschlägige Katastrophen beschwört er durchaus auch im Kreis unserer Freunde herauf, vor allem, wenn mein Auserwählter versucht, höflich zu sein, und sich darin übt, Komplimente über kulinarische Leistungen zu verteilen, die er wohl am allerwenigsten einschätzen kann.

Das unkalkulierbare Risiko der guten Manieren

Wir haben ein Einzelabonnement für die Philharmonischen Konzerte, das wir abwechselnd benützen. Entweder geht meine Frau zum Konzert, oder ich bleibe zu Hause. Nach einiger Zeit tauschen wir. Ich gehe Freunde besuchen, und sie geht zum Konzert. So geschah es auch beim letzten

Abonnementkonzert der Saison, das ich zu einem Besuch bei den Wechslers ausnützte. Ich mag die Wechslers sehr. Gideon ist ein bekannter Architekt, Ilona betätigt sich in der physikalischen Forschungsabteilung des Weizmann-Instituts. Kein Wunder, daß unsere Tischgespräche sich auf hohem Niveau bewegten.

Gerade als Gideon über ferngesteuerte Raketen zu sprechen begann, brachte Ilona noch das Tablett mit dem Nachtisch herein. Jeder von uns bekam eine große rosa Torte mit gelber Füllung und dazu zwei kleine Schokoladenschnitten. Wir machten uns darüber her.

»Wie schmeckt's dir?« fragte Gideon.

»Sehr gut«, antwortete ich.

Gideons Gesicht verfinsterte sich ein wenig.

»Sehr gut nennst du das? Nichts weiter? Es ist phantastisch!«

»Phantastisch«, bestätigte ich eilig. »Ich habe noch nie im Leben eine so phantastische Torte gegessen. Diese gelbe Füllung ist ein Traum.«

Ilona errötete bis in ihre Haarwurzeln und servierte den Kaffee. So gerne ich unser Gespräch über die ferngesteuerten Raketen fortgesetzt hätte, ein Seitenblick Gideons machte mir klar, daß die Hausfrau noch Lob erwartete.

»Das ist der beste Kaffee, den ich jemals getrunken habe«, sagte ich mit Nachdruck. »Ich wußte gar nicht, daß es so ein Aroma gibt.«

»Du übertreibst«, wehrte Ilona ab.

»Im Gegenteil Ich komme einem völlig neuen Kaffeegefühl auf die Spur.«

»Wieso?« fragte Gideon.

»Mein Sprachvermögen reicht für eine Begründung nicht aus. Der Kaffee ist einfach pyramidal! Arabesk! Pytagor! Synagog! Kann ich noch einen Fingerhut voll haben?«

Nicht, daß der Kaffee schlecht gewesen wäre. Es war ein ganz normaler Kaffee, heiß und flüssig, vielleicht ein wenig schwach und ohne rechten Geschmack, aber Kaffee. Ilona kam mit der Eiscreme und dem Fruchtsalat.

»Wie ist das Eis?« fragte Gideon.

»Ein Meilenstein in der Entwicklung der Eisgeschichte. Ein kulinarisches Meisterwerk. Möge der Allmächtige die Hände segnen, die es geschaffen haben.«

»Und der Fruchtsalat?« fragte Gideon.

Schon öffnete ich den Mund zu einer neuen Lobeshymne, da fiel mir ein: Wenn man nichts als Superlative verwendet, werden sie unglaubwürdig.

»Der Salat«, sagte ich nachdenklich, »der Salat schmeckt ein wenig säuerlich.«

Die Wirkung meiner Worte war verheerend. Ilona krümmte sich, sprang auf und rannte schluchzend in die Küche. Gideon folgte ihr.

Eine Viertelstunde verging. Ich war allein mit meinen Gedanken. Was geschah da draußen in der Küche?

Gideon kam zurück, bleich und zitternd.

»Du gehst jetzt besser nach Hause«, sagte er tonlos.

Als ich der besten Ehefrau von allen mein Erlebnis berichtete, sah sie mich kopfschüttelnd an.

»So etwas kann natürlich nur dir passieren.« In ihrer Stimme war keine Spur von Mitleid. »Jeder halbwegs feinfühlige Mensch hätte sofort gewußt, was los war.«

»Was war los?«

»Du weißt es noch immer nicht?«

»Nein.«

»Denk nach.«

Ich dachte nach, aber ohne Ergebnis. Erst Gideon klärte mich auf, daß Ilona alles fertig gekauft und nur den Fruchtsalat selbst gemacht hatte.

Am Beginn unseres gemeinsamen Weges als Ehepaar kam zum ersten Mal der »Playboy« an die Kioske. Das exquisite Hochglanzmagazin schlug in der Zeitschriftenwelt ein wie eine Bombe, denn die kompetenten Artikel und die künstlerischen Nacktfotos faszinierten die Leser gleichermaßen, wenn auch nicht unbedingt in dieser Reihenfolge. Kurz und gut: Die Macher verstanden es meisterhaft, rund um das Wesentliche, den »Centerfold« mit seiner diensthabenden Schönheit in unverhüllter Länge und Breite, der Zeitschrift ein Image von höchstem Niveau zu verschaffen.

Da ich damals noch jung und schlank war, gönnte ich den reizvollen Schönen neidlos ihren Ruhm und hatte zu ihren Verführungsspielen ein durchaus praktisches Verhältnis. Ephraim und ich sammelten also gemeinsam die Poster der »Playboy«-Girls, und nicht selten haben wir sie sogar an eine Pinwand in unserem Wohnzimmer geheftet. Diese Pinwand existiert übrigens auch heute noch, vorsichtshalber im Keller.

Um die geballte Wucht von selbstbewußt präsentiertem Sex zu kaschieren, hefteten wir zwischen die verführerischen Geschöpfe verschiedene geistvolle Artikel, Zeitungsausschnitte mit witzigen Druckfehlern, Briefe von Unbekannten, die uns – zumeist anonym, abwechselnd der Verletzung der heiligen Ehegesetze anklagten, kurz alles, was uns als geeignete Tarnung erschien. Dennoch brauchte der Botenjunge des Lebensmittelgeschäfts immer eine Ewigkeit für den kurzen Weg in die Küche, der ihn an unserer sündigen Wand vorbeiführte.

Leider boten nicht alle Zeitschriften, die Ephraim als Journalist zugeschickt bekam, den gleichen Raum für eine derart fruchtbare Kooperation. Unter der Vielzahl der Tages-, Wochen-, Monats- und Jahreszeitschriften befand sich aber ein literarisches Journal, das sich durch so extreme Langeweile auszeichnete, daß es ganze Schäfchenherden ersetzte. Der katastrophale Stau, den die angesammelten Drucksachen in unserer kleinen Wohnung verursachten, zwang uns zu ungewöhnlichen Lösungen für das Entsorgungsproblem, und da trat der kleine Schalk in Aktion, der sich in Ephraims Kopf versteckt.

Wir wählten für dieses Unternehmen einen unserer Lieblingsfeinde aus. Der arme Kerl hatte keine Ahnung, wer ihm diese unglaublich langweilige Zeitschrift mit ekelhafter Regelmäßigkeit zusandte. Nach einiger Zeit ging er ganz einfach nicht mehr zu seinem Postfach, um diesem konzentrierten Bündel Langeweile nicht länger begegnen zu müssen. Dabei hatte er jedoch nicht mit Ephraims Heißhunger auf Dummejungenstreiche gerechnet …

Mit der Sturheit eines Mulis klügelte Ephraim die raffiniertesten Versandarten für die Anti-Zeitschrift aus. Er operierte auf allen erdenklichen Wegen mit einer breiten Palette innovativer Methoden, die die Telekom auch heute noch erblassen ließe. Doch das Glück war ihm nicht hold. Per Einschreiben kam die Zeitschrift zurück. Der Empfänger verweigerte die Annahme. Ephraim klebte nun die Titelseite des »Playboys« auf die literarische Öde und fuhr persönlich zur Adresse des Postverweigerers, um die Sendung eigenhändig in dessen Briefkasten zu stecken. Kaum zwei Wochen, und der Briefkasten wurde entfernt.

»Da siehst du mal wieder«, grinste Ephraim, »so wird bei uns die Literatur gewürdigt!«

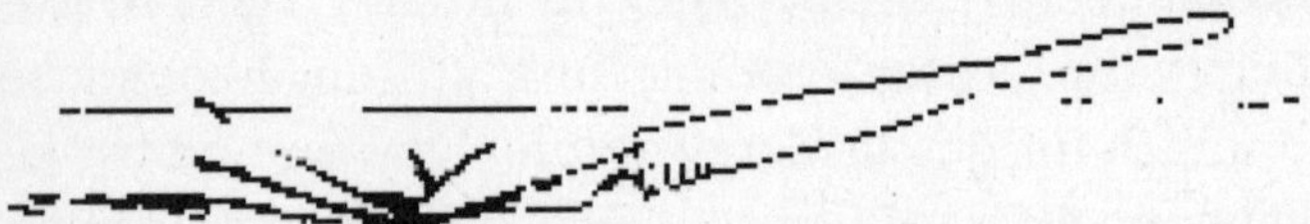

Zu guter Letzt fuhr Ephraim mitten in der Nacht zur Wohnung seines Opfers, band einen Stein an die letzte Ausgabe der Zeitschrift und warf sie durchs offene Fenster. Das war zweifellos ein Meisterstreich des Kindes

Ephraim, wenn auch der letzte. Wenn ich mich nicht irre, hat sich der arme Teufel danach eine andere Wohnung gesucht.

Wie auch immer, die Presse spielte in unserem Leben immer eine gewichtige Rolle. Über dreißig Jahre lang hat Ephraim seine satirisch-ernste Kolumne für die Tageszeitung »Maariv« geschrieben, Journalisten hat er jedoch nie ganz ernstgenommen. So wie er auch sich selbst nie wirklich ernst nimmt. Vielleicht habe ich ihn deshalb so gerne.

Tatsachenbericht über eine tollkühne Bauchlandung

Besagtes Wochenblatt entstand, als Herr Steiner, Besitzer eines Lebensmittelgeschäftes, in den ersten Stock stieg, um mit dem dort logierenden Journalisten Josef Goldberg ein wenig zu plaudern:

»Mein lieber Goldberg, Sie glauben doch nicht, daß ich immer mit Lebensmitteln gehandelt habe? Keine Spur! Es gab Zeiten, in denen ich ein gefragter Mitarbeiter wichtiger Zeitschriften war wie ›Der fortschrittliche Gemüsehändler‹, um nur eine zu nennen. Und vor wenigen Jahren habe ich mehrere Artikel für ein bekanntes Modejournal für Kinder geschrieben, die müssen Sie einmal lesen. Ja, was ich sagen wollte. Wie wär's, geben wir zusammen eine neue Wochenzeitung heraus? Eine, die anders ist als alle anderen, etwas wirklich Neues, ein Blatt, das eine Marktlücke füllt und den Publikumsgeschmack trifft. Nein, unterbrechen Sie mich nicht. Ich finanziere die Sache. Aber nur, wenn Sie mit Ihrer großen journalistischen

Erfahrung die Chefredaktion übernehmen. Machen Sie sich keine Sorgen, ich werde mich nicht in ihr Ressort einmischen. Ich bin nur der Geldgeber. Und da ich ganz genau weiß, daß eine neue Zeitschrift am Anfang Geld verlieren muß, bin ich fürs erste Jahr auf ein gewisses Defizit vorbereitet. Meinetwegen auch fürs zweite. Also. Wir haben das nötige Geld, und wir haben die nötige Lizenz. Machen Sie mit?«

Goldberg überlegte. Im Augenblick verdiente er 745 Schekel monatlich für Übersetzungen ins Polnische. Was hatte er zu verlieren?

»Ich nehme an«, sagte er. »Das bin ich den Lesern schuldig.«

Die Details wurden besprochen und vertraglich fixiert. Das neue Heft sollte 64 großformatige Seiten haben, voll in Farbe. Preis im Einzelverkauf 2 Schekel. Bei 30 000 Exemplaren wären die Kosten herinnen, beim 30 001. Exemplar wäre der Break even, und der Gewinn fließt.

Steiner schlug vor, den Gewinn 50:50 zu teilen, aber Goldberg entschied sich für ein fixes Monatsgehalt von 835 Schekel. Die Zeitschrift sollte »Unsere Drogisten-Welt« heißen. Eigentlich hatte sie »Unsere Welt« heißen sollen, aber Steiner hatte die Lizenz von der eingestellten Vereinspublikation der Drogisten erworben, und das Gesetz verpflichtete ihn, den Originaltitel für jede auf dieser Lizenz basierende Zeitschrift zu verwenden.

Sie sollte leicht lesbar und unterhaltend, zugleich jedoch seriös und informativ sein. Danach bestand zweifellos größter Bedarf.

Goldberg engagierte im nächsten Kaffeehaus elf ständige Redakteure und sieben Korrespondenten, von denen drei an Ort und Stelle zu Auslandskorrespondenten befördert und sofort nach Europa geschickt wurden. Hinzu kamen fünf Fotografen, zwei Botenjungen sowie eine rotblonde und eine grauhaarige Sekretärin. Sie alle bekamen ihre Arbeitsplätze in Steiners Wohnung.

Nach einmonatiger Vorbereitung war die erste Ausgabe fertig. Auf dem Titelblatt sah man einige Kleinkinder im Sand spielen, Bildunterschrift: »Es wächst eine glückliche neue Generation heran.« Daneben machten rotgedruckte Headlines auf die Beiträge im Innern des Blattes neugierig: »Teneriffa, die geheime Touristenattraktion (mit Farbfotos)«, »Naive Kunst aus Malta«, »Sport ist gesund!« und »Die Welt des Theaters« von J. Goldberg. Weiter erwarteten den Leser eine Rundfunk- und Fernseh-Rubrik. Chefredakteur Goldbergs regelmäßige Kolumne »Jetzt rede ich«, ausführliche Sportberichte, Kreuzworträtsel, eine reichhaltige Literaturseite, eine Wirtschaftsbeilage, »Schwarzgeldschmuggler leben unter uns«, sowie das erste Kapitel des Fortsetzungsromans »Die Liebe einer Krankenschwester« von Martha Goldberg. Überdies startete »Unsere Drogisten-Welt« ein Preisausschreiben für die beste Kurzgeschichte und das schönste Hundefoto sowie eine großzügige, mit Preisen bedachte Abonnentenwerbung und lud ihre Leser ein, Zuschriften an die Redaktion zu richten: »Ihr Wochenblatt – für Sie gegründet – für Sie gedruckt – für Sie redigiert – jede Woche für Sie – jetzt!«

Die erste Ausgabe hatte unleugbar eine gewisse Resonanz. Herr Steiner hörte aus glaubhafter Quelle, daß man dem Verkäufer in den Vororten die ersten Exemplare buchstäblich aus der Hand gerissen hatte, und Goldberg brachte dank seiner guten Verbindungen eine Notiz im Organ der Drogisten-Gewerkschaft unter: »Mit dem Titel ›Unsere Drogisten-Welt‹

erschien soeben eine neue Zeitschrift, die an allen üblichen Verkaufsstellen erhältlich ist.« Laut Goldberg bedeutete das soviel wie einen offiziellen Segen für das neue Unternehmen und den Verkauf von mindestens 5000 Exemplaren. Bedenklich war, daß keine Hundefotos kamen und daß für das Preisausschreiben nur eine einzige Kurzgeschichte von Oscar Wilde eintraf, die der Leser unter dem Pseudonym »Oskar Friedmann« eingesandt hatte. Die Auslieferung erklärte, daß es noch zu früh wäre, sich ein Urteil zu bilden, aber aus dem Ausland wären einige ermutigende Reaktionen gekommen.

Als Steiner die ersten Anzeichen von Nervosität zeigte, erinnerte ihn Goldberg daran, daß er auf ein ein- bis zweijähriges Defizit vorbereitet gewesen sei. Zugegeben, antwortete Steiner, aber es müsse ja nicht alles, worauf man vorbereitet sei, unbedingt eintreffen. Er beschloß, persönlich einzugreifen und für ein höheres Niveau zu sorgen. Denn wenn die erste Nummer nicht richtig angekommen war, so konnte das nur daran liegen, daß »Unsere Drogisten-Welt« nicht seriös genug war.

So trug die zweite Nummer auf dem Titelblatt ein Porträt des Ministerpräsidenten mit der Unterschrift: »Unser Ministerpräsident.« Die Nummer enthielt ferner eine medizinische Seite, ein unveröffentlichtes Sonett von Shakespeare, eine Ballade der bedeutenden Lyrikerin Rosa Steiner, eine beträchtliche Anzahl von Leserbriefen mit Antworten von »Tante Sibylle« (Steiners Pseudonym) sowie die Rubrik »Wohin am Nachmittag?«. Zu den technischen Veränderungen gehörte die Kündigung von 14 Korrespondenten, 5 Fotografen, 2 Botenjungen und einer grauhaarigen Sekretärin. Statt dessen engagierte Steiner einen Anwalt, der die Klagen auf Vertragsbruch ver-

trat. Die Anzahl der Illustrationen wurde reduziert, und einige Fotos aus der ersten Nummer wurden mit anderen Unterschriften nachgedruckt.

Obwohl die Verkäufer der zweiten Nummer mit großen Plakaten:

»HALT! ENDLICH DA! DIE NEUE NUMMER
UNSERER DROGISTEN-WELT!«

ausgerüstet waren, legte sich der Vertrieb auf keine Aussagen fest. Steiner umschlich inkognito einen Zeitungskiosk, um den Absatz seines Wochenblatts zu beobachten. Als nach sechs Stunden noch kein einziges Exemplar verlangt worden war, gab er auf und erkundigte sich in einigen Buch- und Zeitschriftenläden nach dem Verkauf der »Drogisten-Welt«. Die Ladeninhaber waren überrascht, von der Existenz der Zeitschrift zu hören. Steiner begann zu zweifeln, daß er die 30 000 Exemplare jemals erreichen würde, entließ die restlichen Redakteure mit Ausnahme von Goldberg, der bereits vierzehn Monatsgehälter im voraus kassiert hatte.

Dann unternahm Steiner einen letzten verzweifelten Versuch, sein Geld zurückzubekommen: Die dritte Nummer erschien nur noch mit einem Umfang von 18 Seiten, zweifarbig. Auf dem Titelblatt sah man eine nackte Negerin mit Strapsen und die Ankündigung folgender Beiträge: »Das Märchen von der Potenz der Gastarbeiter«, »Geständnisse einer lesbischen Nekrophilen«, »Verhindert die Pille den Orgasmus?«, »Die sexuelle Ausbeutung von bisexuellen Angestellten« (Tatsachenbericht eines vergewaltigten jungen Buchhalters). Die Fotos wurden von einer pornographischen

Filmfirma gegen zehn doppelseitige Gratisinserate zur Verfügung gestellt.

Der Vertrieb meldete, daß von der ersten Nummer 84 Exemplare und von der zweiten Nummer 17 Exemplare verkauft worden waren. Nummer 3 erbrachte ein rätselhaftes Phänomen: Der Vertrieb remittierte um ein Exemplar mehr, als er bezogen hatte.

Steiner schwor, sich an Goldberg, dem wahren Urheber dieses katastrophalen Verlustgeschäfts, fürchterlich zu rächen. Goldberg übersiedelte in den Süden. Die Lizenz der »Drogisten-Welt« wurde an einen gutsituierten Internisten verkauft. Er hat die Absicht, eine neue Wochenzeitung herauszugeben, die anders ist als alle anderen, etwas wirklich Neues, ein Blatt, das eine Marktlücke füllt.

Ephraim schätzt die Literatur, in das Theater aber ist er geradezu vernarrt. Seiner Meinung nach ist das ganze Leben ein großer Zirkus, wobei ihm das Leben großen Spaß macht, der Zirkus hingegen gar keinen. Lediglich die Clowns bewundert er, da sie für ihren Job schlau sein müssen, basiert er doch auf der unheilbaren Dummheit der Menschen. Kurz gesagt, es ist ein Beruf, der mit seinem viel Ähnlichkeit hat.

Was Ephraim verabscheut, sind Dressurnummern, in denen sich Tiere wie Menschen benehmen müssen. Ihm hätten die Menschen vollauf gereicht, meint er, die sich in seiner Jugend wie Tiere benommen haben, und er ist voller Mitleid mit den armen verkleideten Schimpansen, die im Zirkus zu lächerlichen Menschenkopien erniedrigt werden.

Was Ephraim hingegen besonderes Vergnügen bereitet, ist unfreiwilliges Theater, jenes, das im Leben oder auf der Straße spontan entsteht. So, wie das Spiel mit der versteckten Kamera. Manchmal wäre er am liebsten selbst eine Kamera und würde jede Straßenszene, von einer lautstarken Diskussion bis hin zum drohenden Handgemenge, gern festhalten, ganz ohne Schadenfreude, einfach nur aus Lust am Spektakel.

In kindlicher Begeisterung steht Ephi an Straßenständen, an denen ein redegewandter Verkäufer mit beeindruckender schauspielerischer Leistung sein absolut unnützes Patent feilbietet. Manchmal lasse ich mich dann von seiner Begeisterung mitreißen und genieße an seiner Seite die dramatische Beschreibung der Alleskleber, Wundermesser, Teppichreiniger, Jalousien, Waschbecken, Dampfbügeleisen, kurz all das, was man zu Hause nicht braucht.

Unserer Dankbarkeit sind dann auch keinerlei Grenzen gesetzt. Noch nie haben wir einen Verkaufsstand mit leeren Händen verlassen. Und wenn die Vorstellung gut war, kaufen wir auch gleich zwei oder drei Stück. Eines für zu Hause, eines für unterwegs und eines zum Verlieren.

Etwas kann Ephraim gar nicht leiden. Wenn der Verkäufer übertreibt oder die Pointe durch Wiederholung kaputtmacht. Dann ist es schon passiert, daß er den menschlichen Plattenspieler zur Überraschung der Umstehenden anraunzt: »Sie können aufhören, wir glauben Ihnen ja schon!«

Wie, um Gottes willen, fragen wir uns dann auf dem Heimweg, wie werden wir jetzt das Zeug wieder los? Gleich wegwerfen oder erst zu Hause auf den Dachboden damit – zur ewigen Erinnerung an unsere krankhafte Gier, alles haben zu wollen, nur weil es so wortreich angepriesen wurde.

Auch Dr. Finkelstein kann irren

Ich schlenderte die Hauptstraße entlang und stand plötzlich inmitten eines kleinen Menschenauflaufs, der sich um einen Verkaufsstand drängte. Im Mittelpunkt des allgemeinen Interesses stand ein stämmiger junger Mann, redegewandt und son-

nengebräunt, der ein fleckiges Tuch vor den Augen seiner Zuschauer schwenkte und dazu in atemberaubendem Tempo herunterrasselte:

»... die liebe Frau Gemahlin schreit, tobt, droht mit Scheidung: ›Schämst du dich nicht, du Schmutzfink, du hast schon wieder einen Fleck auf der Hose, dem Hemd, dem Pyjama oder sonstwo!‹, aber das soll kein Problem mehr sein, lieber Ehegatte, du nimmst ganz einfach Dr. Finkelsteins Wundertinktur direkt aus Amerika, zum ersten Mal auch bei uns erhältlich, tust ein kleines Quentchen auf den Fleck, kurz mit klarem Wasser durchspülen, und die liebe Frau Gemahlin hört schlagartig auf zu schimpfen, hört auf zu schreien, hört auf zu toben, denn der Fleck ist wie vom Erdboden verschwunden, die liebe Gattin ist besänftigt, küßt ihren makellosen Gatten, und die Ehe ist wieder einmal gerettet, die Ehe blüht, die Ehe gedeiht ...«

So sprach der gebräunte Sprachjongleur, während er tatsächlich vor den Augen der atemberaubten Menge ein Wunder wirkte: Er tauchte das fleckige Tuch zunächst in eine Lauge, dann in Benzin, dann in Zitronensaft, zuletzt in Soda-Bikarbonat – und nichts geschah. Erst als er das Tuch mit Dr. Finkelsteins Wundertinktur aus Amerika bestrich und in klares Wasser tauchte, war der Fleck verschwunden, war der Fleck hinweg, war der Fleck nicht mehr zu sehn.

»Daher«, informierte uns der junge Mann, »wenn die liebe Frau Gemahlin schreit, tobt und mit Scheidung droht, nicht verzagen, der gute Gatte nimmt ein Quentchen von Dr. Finkelstein aus Amerika, bekommt einen Kuß, und das alles nur für ein paar lumpige Groschen, nicht teurer als ein Dutzend Salzmandeln, das muß Ihnen die Ehe wert sein, meine Damen und Herren, dazu drei Jahre Garantie ...«

Natürlich wußte ich sofort, daß mir ein gütiges Geschick den sonnengebräunten Redekünstler über den Weg geschickt hatte. Ich erstand auf der Stelle fünf Portionen der Wundertinktur einschließlich fünf Gebrauchsanweisungen, die Dr. Finkelstein aus Amerika handsigniert hatte. Ich eilte heimwärts, goß sofort eine Büchse Schmieröl über unser bestes Damasttischtuch, und die liebe Frau Gemahlin schreit, tobt, droht mit Scheidung, aber nicht verzagen, Weib, ich gebe nur ein Quentchen von Dr. Finkelsteins Wundertinktur direkt aus Amerika auf den Fleck, kurz mit klarem Wasser durchspülen, und der Fleck ist wie neu, der Fleck überstrahlt alles, der Fleck bleibt …

Dann erst fiel mir ein, daß die Wundertinktur vermutlich nur eine ganz bestimmte Spezies von Wunderflecken beseitigen kann und daß der Wunderfleck sicherlich gleichfalls von Dr. Finkelstein aus Amerika erfunden wurde.

Ich eilte zurück zur Hauptstraße, aber der Sonnengebräunte hatte sich vermutlich mit seiner Wundertinktur bestrichen, denn er war spurlos verschwunden. Sollte er dies lesen, dann ersuche ich ihn hiermit, mir fünf Portionen Wunderflecken zuzusenden.

Ehret das Alter« fordern die Zehn Gebote, von denen leider nur eine Kopie existiert, da Moses das Original in einem Anfall göttlichen Zorns zertrümmert hat. Wie ich bereits erwähnt habe, wendet mein aufgeschlossener Mann dieses Gebot nicht nur auf Eltern und Großeltern an, sondern auch auf Gegenstände undefinierbaren Alters.

Ein vorsintflutlicher Plattenspieler, der uns in den vierziger Jahren etwas vorgekratzt hat, kann sich in aller Ruhe und unbesorgt neben dem supermodernen CD-Player zur Ruhe setzen in der angenehmen Gewißheit, daß ihm zu Ephraims Lebzeiten nichts Böses widerfahren wird. Er muß nicht einmal spielen, denn er ist ja im Ruhestand und hat verbriefte Rechte.

Dabei ist es nicht einmal Geiz, der meinen Angetrauten umtreibt. Er ist nur der festen Überzeugung, daß auch Gegenstände eine Seele haben.

Wer glaubt, ich hätte das alles erfunden, dem empfehle ich, einmal Mäuschen zu spielen, wenn Ephraim aufgestanden ist. Er wird ihn im angeregten Gespräch mit den Gegenständen seiner nächsten Umgebung erleben oder hören, wie er mit den Dingen plaudert, die er nicht finden kann, und mit jenen schimpft, die ihm aus der Hand geglitten sind.

»Warte nur, mein Freundchen«, murmelt er dann vor sich hin, während er auf allen vieren unter dem Schreibtisch herumkriecht, um seinen Lieblingsradiergummi zu suchen, »diesen Trick hatten wir doch gestern schon. Du wirst was erleben, wenn ich dich erwische.«

Ephraim ist nämlich überzeugt davon, daß sein

Radiergummi, nur um ihn zu ärgern, unter dem Schreibtisch verschwunden ist.

Ephraims Weltanschauung leugnet sogar die Tatsache, daß Dinge zufällig zu Boden fallen. Wieso würde dann die überwiegende Mehrheit der Gegenstände vom Boden wieder aufspringen, eine 90-Grad-Wendung vollziehen und sich unter dem niedrigsten Schrank im Zimmer verstecken?

Er nimmt es zwar nicht persönlich, aber manchmal kränkt es ihn doch, daß eines seiner dichterischen Handwerkszeuge einfach keine Lust mehr hat zu arbeiten und nach einer Zuflucht sucht, um sich zu verkriechen. Wenn er gut aufgelegt ist, bringt er dafür allerdings auch ein gewisses Verständnis auf.

Der vorwitzigste seiner Gefährten aber ist seine Brille. Sie verfügt, so Ephraim, über ein unerschöpfliches Arsenal an heimtückischen Tricks.

»Sobald ich sie auch nur für einen kleinen Moment von der Nase nehme«, schreibt Ephraim in einem seiner Geständnisse, »klappt meine Brille ihre Beine aus und schleicht sich auf Zehenspitzen davon, obwohl sie genau weiß, daß mich das rasend macht. Wenn ich sie dann neben meinem Rasierpinsel im Badezimmer oder in der Kühltruhe wiederfinde, wo sie boshaft vor sich hinkichert, versucht sie nicht einmal, ihre Schadenfreude über meine stundenlange Sucherei ohne Brille zu verbergen.«

»Meine Bleistifte sind herzlos«, glaubt mein guter Ehemann. »Wie Chamäleons nehmen sie die Farbe des Fußbodens an, und niemals, aber auch niemals, geben sie die Namen ihrer Kidnapper preis.«

Dennoch hegt Ephraim keinen Groll gegen die Flüchtlinge. Er jagt sie aber systematisch, und auch das hohe Alter eines Gegenstandes beeindruckt ihn keineswegs. Seit er ihre Stammverstecke aufgestöbert hat, kehren sie manchmal jedoch von selbst an ihren Arbeitsplatz zurück. Allerdings bestimmt er, wann die Dinge in Rente gehen können, und ein angenehmer Ruhestand ist ihnen dann gewiß.

Das beste Beispiel dafür ist zweifellos Ephraims Volvo, Baujahr 1973. Dieses klapprige Vehikel, das sich so recht und schlecht auf seinen Rädern hält, erfreut sich regelmäßiger Liftings, wobei für ihn teuerste Ersatzteile notfalls von weit herbeigeschafft werden. Dem Rücklicht von Freund Volvo ließ Ephi eine persönliche Behandlung angedeihen: Es kann sich jetzt, unterstützt von kunstvoll angebrachten Klebestreifen, gerade noch so am Auto festklammern. Ephraim ist sicher, das Auto wüßte das zu schätzen.

Fifi, seit vielen Jahren ständige Begleiterin Ephraims, ist ein kleiner Koffer auf Rädern, der wie ein Hündchen an der Leine hinter ihm herhoppelt. Ephraim ist des Lobes voll und erzählt oft und gerne, welch ein angenehmer Fluggefährte seine Fifi doch sei. In einer bestimmten Illustrierten stand dann auch prompt die Zeitungsente:

»Ephraim Kishon hat eine heimliche Liebe. Er trennt sich niemals von seiner hübschen Fifi.«

Heute ist Fifi alt und gebrechlich, unzählige Male geklebt und geflickt. Ephraim meint, sie sei auch müde. Trotzdem muß sie immer dabei sein.

Zu seinem 70. Geburtstag ließ ich ihm ein maßgeschneidertes, neues Köfferchen anfertigen. Es war vergebliche Liebesmüh. Fifis Doppelgängerin steht immer noch beleidigt in der gleichen Ecke, wo sie abgestellt wurde, und Ephraim zieht in den Flughäfen der ganzen Welt seine gute alte Original-Fifi hinter sich her. Er brachte es nicht übers Herz, sie zu kränken.

Und so nahm Ephraim unserer Nachbarin auch sofort die Geschichte über ihre Waschmaschine ab, die während der Arbeitszeit so gerne Seitensprünge macht. »Auch ich hätte keine Lust, mein ganzes Leben lang auf einem engen Küchenbalkon herumzustehen«, nickte mein Mann verständnisvoll, setzte sich hin und schrieb die inzwischen klassische Geschichte von der Waschmaschine Jonathan: »Born to Be Free.« Seine Leser glauben, dies sei eine Humoreske. Ich weiß jedoch, daß diese Satire für Ephraim ein Tatsachenbericht ist.

Jonathan
joggt so gerne

Eines Tages verlautbarte die beste Ehefrau von allen, daß wir eine neue Waschmaschine brauchten, da die alte, offenbar unter dem Einfluß des mörderischen Klimas, den Dienst aufgekündigt hatte.

»Geh hin«, so sprach ich zu meinem Eheweib, »geh hin, Liebling, und kaufe eine Waschmaschine. Aber wirklich nur eine, und aus heimischer Produktion. So heimisch wie möglich.«

Die beste Ehefrau von allen ist zugleich eine der begabtesten Einkäuferinnen, die ich kenne. Schon am nächsten Tag stand in einem Nebenraum unserer Küche, fröhlich summend, eine original hebräische Waschmaschine mit blitzblank poliertem Armaturenbrett, einer langen Kabelschnur und ausführlicher Gebrauchsanweisung. Es war Liebe aufs erste Waschen, der Werbeslogan hatte nicht gelogen. Unser Zauberwaschmaschinchen besorgte alles von selbst. Schäumen, Waschen und Trocknen. Fast wie ein Wesen mit menschlicher Vernunft.

Und genau davon handelt die folgende Geschichte.

Am Mittag des zweiten Tages betrat die beste Ehefrau von allen mein Arbeitszimmer ohne anzuklopfen, was immer ein schlechtes Zeichen ist. Und sagte:

»Ephraim, unsere Waschmaschine wandert.«

Ich folgte zur Küche. Tatsächlich, der Apparat war soeben damit beschäftigt, die Wäsche zu schleudern und mittels der Drehbewegung den Raum zu verlassen. Wir konnten den kleinen Ausreißer noch ganz knapp vor Überschreiten der Schwelle aufhalten, brachten ihn durch einen Druck auf den grellroten Alarmknopf zum Stillstand und beratschlagten.

Die Maschine wanderte nur dann, stellte sich heraus, wenn das Trommelgehäuse des Trockenschleuderers seine unwahrscheinlich schnelle Rotationstätigkeit aufnahm. Dann lief zuerst ein Zittern durch den Waschkörper, und gleich darauf begann er, wie von einem geheimnisvollen inneren Drang getrieben, hopphopp draufloszumarschieren.

Na schön. Warum nicht. Unser Haus ist schließlich kein Gefängnis, und wenn's Maschinchen joggen will, dann soll es.

In einer der nächsten Nächte weckte uns das kreischende Geräusch gequälten Metalls aus Richtung Küche. Wir stürzten hinaus: Das Dreirad unseres Sohnes Amir lag zerschmettert unter der Maschine, die sich in irrem Tempo um ihre eigene

Achse drehte. Amir seinerseits heulte durchdringend und schlug mit seinen kleinen Fäusten wild auf den Dreiradmörder ein:

»Pfui, schlimmer Jonathan! Pfui!«

Jonathan, das muß ich erklärend hinzufügen, war der Name, den wir unserem Maschinchen wegen seiner menschenähnlichen Intelligenz gegeben hatten.

»Jetzt ist es genug«, erklärte die Frau des Hauses. »Ich werde Jonathan fesseln.«

Und das tat sie denn auch mit einem Strick, dessen Ende sie an die Wasserleitung band.

Ich hatte bei dem allen ein schlechtes Gefühl, sagte jedoch nichts. Jonathan gehört zum Einflußbereich meiner Frau, und ich konnte ihr das Recht, ihn anzubinden, nicht streitig machen. Indessen möchte ich nicht verhehlen, daß es mich mit einiger Genugtuung erfüllte, als wir Jonathan am nächsten Morgen an der gegenüberliegenden Wand stehen sahen. Er hatte offenbar alle seine Kräfte angespannt, denn der Strick war gerissen.

Seine Vorgesetzte fesselte ihn zähneknirschend von neuem, diesmal mit einem längeren und dickeren Strick, den sie um den Heißwasserspeicher schlang.

Das ohrenbetäubende Splittern, das bald als Folge zu hören war, werde ich nie vergessen.

»Er zieht den Speicher hinter sich her!« flüsterte die entsetzte Küchenchefin, als wir am Tatort angelangt waren. Der penetrante Gasgeruch in der Küche bewog uns, künftiges Fesseln bleiben zu lassen. Jonathans Abneigung gegen Stricke war nicht zu verkennen, und wir ließen ihn fortan ohne jede Behinderung seinen Waschgeschäften nachgehen. Irgendwie leuch-

tete es uns ein, daß er, eine Art Sabre, über unbändigen Freiheitswillen verfügte. Wir waren beinahe stolz auf ihn.

Einmal allerdings, noch dazu an einem Samstagabend, an dem wir, wie immer, Freunde zu Gast hatten, drang Jonathan ins Speisezimmer ein und belästigte unsere Gäste.

»Hinaus mit dir!« rief meine Frau ihm zu. »Marsch hinaus! Du weißt, wo du hingehörst!«

Das war natürlich lächerlich. So weit reichte Jonathans Intelligenz nun wieder nicht, daß er die menschliche Sprache verstanden hätte. Jedenfalls schien es mir sicherer, ihn durch einen raschen Druck auf den Alarmknopf zum Stehen zu bringen, wo er stand.

Als unsere Gäste gegangen waren, startete ich Jonathan, um ihn auf seinen Platz zurückzufahren. Aber er schien uns die schlechte Behandlung von vorhin übelzunehmen und weigerte sich. Wir mußten ihn erst mit einigen Wäschestücken füttern, ehe er sich auf den Weg machte.

Amir hatte allmählich Freundschaft mit ihm geschlossen, bestieg ihn bei jeder Gelegenheit und ritt auf ihm, unter fröhlichen »Hühott«-Rufen, durch Haus und Garten. Wir waren zufrieden. Jonathans Waschqualitäten blieben die alten, er war wirklich ein ausgezeichneter Wäscher und gar nicht wählerisch in bezug auf Waschpulver. Wir konnten uns nicht beklagen.

Immerhin erschrak ich heftig, als ich eines Abends, bei meiner Heimkehr, Jonathan mit gewaltigen Drehsprüngen auf mich zukommen sah. Ein paar Minuten später, und er hatte die Straße erreicht.

»Vielleicht«, sagte träumerisch die beste Ehefrau von allen, nachdem ich ihn gebändigt hatte, »vielleicht könnten wir ihn

bald einmal auf den Markt schicken. Wenn man ihm einen Einkaufszettel mitgibt ...«

Sie meinte das nicht im Ernst. Aber es bewies, wieviel wir schon von Jonathan hielten. Wir hatten fast vergessen, daß er doch eigentlich als Waschmaschine gedacht war. Und daß er vieles tat, was über seine Waschmaschinenpflicht hinausging. Ich befragte einen Spezialisten. Er war gar nicht erstaunt.

»Ja, das kennen wir«, sagte er »Wenn sie schleudern, kommen sie gern ins Laufen, weil sie zu wenig Wäsche in der Trommel haben. Dadurch entsteht eine zentrifugale Gleichgewichtsstörung, von der die Maschine vorwärtsgetrieben wird. Geben Sie Jonathan mindestens vier Kilo Wäsche, und er wird brav an seinem Platz bleiben.«

Meine Frau erwartete mich im Garten. Als ich ihr auseinandersetzte, daß es der Mangel an Schmutzwäsche war, der Jonathan zu seinem zentrifugalen Amoklauf trieb, wurde sie blaß.

»Großer Gott! Gerade habe ich ihm zwei Kilo gegeben. Um die Hälfte zu wenig!«

Wir sausten zur Küche und blieben – was doch eigentlich Jonathans Sache gewesen wäre – wie angewurzelt stehen: Jonathan war verschwunden. Samt Kabel. Noch während wir zur Straße hinausstürzten, riefen wir, so laut wir konnten, seinen Namen:

»Jonathan! Jonathan!«

Keine Spur von Jonathan.

Ich rannte von Haus zu Haus und fragte unsere Nachbarn, ob sie nicht vielleicht eine hebräisch sprechende Waschmaschine gesehen hätten, die sich stadtwärts bewegte. Alle antworteten mit einem bedauernden Kopfschütteln. Einer glaubte sich zu erinnern, daß so etwas Ähnliches vor dem Postamt gestanden hatte, aber die Nachforschungen ergaben, daß es sich um einen Kühlschrank handelte, der falsch adressiert war.

Nach langer, vergeblicher Suche kehrte ich niedergeschlagen um. Wer weiß, vielleicht hatte in der Zwischenzeit ein Omnibus den armen Kleinen überfahren …

Tränen stiegen mir in die Augen. Unser Jonathan, das freiheitsliebende Geschöpf des Industrie-Dschungels, hilflos preisgegeben den Gefahren der Großstadt und ihres wilden Verkehrs … wenn die Drehtrommel in seinem Gehäuse plötzlich aussetzt, kann er sich nicht mehr fortbewegen … muß mitten auf der Straße stehenbleiben …

»Er ist hier!« Mit diesem Jubelruf begrüßte mich die beste Ehefrau von allen. »Er ist zurückgekommen!« Der Vorgang ließ sich rekonstruieren: In einem unbewachten Augenblick war der kleine Dummkopf in den Flur hinausgehoppelt und auf die Kellertür zu, wo er glatt hinuntergefallen wäre. Aber da er im letzten Augenblick den Steckkontakt losriß, blieb ihm das erspart.

»Wir dürfen ihn nie mehr vernachlässigen!« entschied meine Frau. »Zieh sofort deine Unterwäsche aus! Alles!«

Seit diesem Tag wird Jonathan so lange vollgestopft, bis er mindestens viereinhalb Kilo in sich hat. Und damit kann er natürlich keine Ausflüge mehr machen. Er kann kaum noch atmen. Es kostet ihn merklich Mühe, seine zum Platzen gefüllte Trommel in Bewegung zu setzen. Armer Kerl. Es ist eine Schande, was man ihm antut.

Gestern hat's mir gereicht. Als ich allein im Haus war, schlich ich zu Jonathan und erleichterte ihn um gute zwei Kilo. Sofort begann es in ihm unternehmungslustig zu zucken, und nach einer kleinen Weile begab er sich, noch ein wenig unge-

lenk hüpfend, zu der hübschen italienischen Waschmaschine im gegenüberliegenden Haus, mit männlichem, tatendurstigem Brummen und Rumpeln, wie in der guten alten Zeit.

»Geh, Jonathan.« Ich streichelte seine Hüfte. »Geh.«

Er ist eben zur Freiheit geboren.

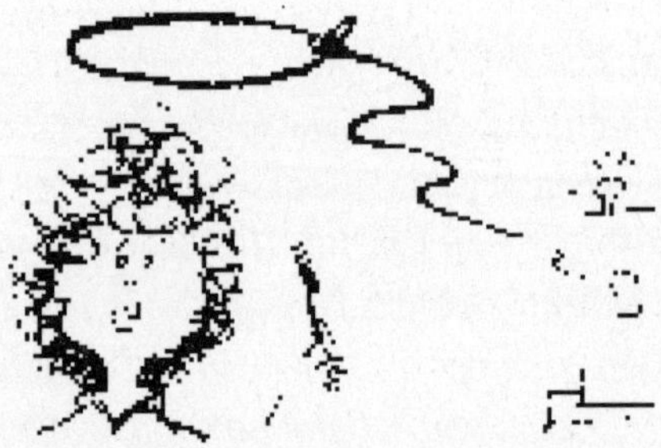

Beim Erlernen von Fremdsprachen konzentriert sich Ephraim zunächst auf die Grammatikregeln, die er wie mathematische Formeln behandelt, sowie auf die Logik beziehungsweise Unlogik der Syntax und der Semantik. Für den Klang hat er keinerlei Gefühl, er beherrscht Sprachen eher visuell.

Ephraim ist in der Lage, in der einen oder anderen Sprache durchaus annehmbar zu schreiben, aber wenn es in die Praxis geht, bringt er keinen ganzen Satz zustande. Seine bis heute beispiellosen Erfolge im Hebräischen verdankt er ganz allein seiner Ausdauer und einem masochistischen Lernsystem.

Die schwierigen Sätze der Bibel deklamierte er jeden Morgen beim Rasieren, und zwar jene komplizierten

Teile des Talmuds, die kein anderer Mensch jemals benutzt. In dicken Heften häufte er einen wahren Schatz altmodischer Ausdrücke an, versehen mit allerlei bunten Symbolen, die ihm anzeigten, wie oft er sie schon repetiert hatte. Natürlich malte er in diese Hefte dann noch ganze Bildergeschichten hinein, um das Lernen dieser exotischen Sprache ein wenig kurzweiliger zu gestalten.

Um sicherzugehen, lernte Ephraim zum Abschluß seines Studiums auch noch ein hebräisches Wörterbuch auswendig, und bis zum heutigen Tag bedient er sich inzwischen völlig antiquierter Ausdrücke, die außer ihm und den Rabbinern keiner mehr kennt.

Ephraim beherrscht vier Sprachen, aber das reicht ihm natürlich nicht. Um noch eindrucksvoller aufzutreten, brachte er sich Schlüsselsätze in ein paar weiteren Sprachen bei, die er bei jeder sich bietenden Gelegenheit verwendet.

In der russischen Gefangenschaft etwa schnappte er kurz vor Kriegsende den interessanten Satz »Gavariti paruski? Sprechen Sie Russisch?« auf. Als Krönung wirft er bei passender Gelegenheit auch noch lässig »Pribilsitzilna« ein, womit die sprühende russische Konversation auch schon zu Ende ist.

In Tokio lernte Ephraim drei Sätze, und mit denen macht er in jedem japanischen Restaurant Furore: »Domo arigato« (danke sehr), »gusaymasu« (bedeutet dasselbe, aber auf hohem sprachlichen Niveau) und »sayonara gokigenyo« (das Auf Wiedersehen der Poeten).

Mir selbst ist es immer ein wenig peinlich, wenn Ephraim bei Gesprächen mit Russen oder Japanern diese

Floskeln anwendet. Da er sich dabei aber wie ein Kind freut, so freue ich mich eben mit ihm.

Drei Sprachen beherrscht Ephraim neben seiner Muttersprache, in denen er auch schreiben kann. Hebräisch hat er im Kibbuz gelernt, Englisch aus der Zeitung und Deutsch aus seinen Büchern. Und alle drei Sprachen spricht er mit makellosem ungarischen Akzent.

Bei unserem ersten gemeinsamen Besuch in Budapest, es war im Jahre 1980, erkundigte sich der Hotelportier, woher wir kämen. Und als Ephraim antwortete, wir seien gerade aus Tel Aviv eingetroffen, wunderte sich der Mann am Schalter: »Ihr Ungarisch ist aber völlig akzentfrei!« Es war das erste Mal seit vierzig Jahren, daß jemand Ephraim konzedierte, er spreche ohne jeglichen Akzent.

Ich selbst bin in Israel geboren, und meine Muttersprache ist Hebräisch. Dennoch ist mein Wortschatz wesentlich kleiner als der von Ephraim, und nicht selten frage ich ihn beschämt um Rat, wenn mir ein Ausdruck fehlt.

Mein Trost und seine Schwäche sind unsere orientalischen Kehllaute. Im Hebräischen gibt es nämlich drei unterschiedlich ausgesprochene »H's«, und mein Ungar kann zwischen ihnen nur unterscheiden, wenn er sie geschrieben vor sich sieht. Hin und wieder stelle ich Ephraim dann eine Falle, wenn er mich nach dem passenden »H« fragt. So habe ich eine kleine Entschädigung.

»Wenn ich schreibe, habe ich keinen Akzent«, behauptet Ephraim, und wegen seines ungebrochenen Selbstbewußtseins wagen es nicht einmal seine Lektoren, die Druckfehler in seinen hebräischen Büchern zu korrigieren. Hingegen hat mein begabter Mann Minderwertigkeitskomplexe, weil er die seiner Meinung nach schönste aller Sprachen, das Französische, nicht beherrscht. »Ich habe das in meiner Jugend verpaßt«, sagte er einmal, »leider gab es im Lager keinen Französischunterricht ...«

Darum beschäftigen sich seine Geschichten lieber mit dem Russischen. Diese Sprache hat man nämlich im Lager gesprochen.

Omsk
bleibt doch Hebräisch

An einem jener besonders schwülen Abende überkam uns die unbändige Lust auf leichte, unkomplizierte Unterhaltung. Wir entschieden uns im üppigen Kulturangebot für den »Omsker Chor«, den liebenswürdigen Abgesandten der einst eher menschenscheuen UdSSR. Wir vertrauten dabei voll und ganz auf die neue russische Regierung. Wenn Moskau seine Künstler so mir nichts dir nichts in die große, weite Welt entläßt, dann sorgt es doch sicher für das entsprechende Niveau, darauf kann man Gift nehmen.

Und tatsächlich, wir wurden nicht enttäuscht. Eröffnet wurde der Abend mit wohlklingenden Gesängen aus den Kehlen von fünfzig stattlichen Männern und Frauen, denen sechs Akkordeonspieler tapfer zur Seite standen. Entzückt lauschten wir den fremden Klängen, als plötzlich ein Raunen durch das Publikum ging.

»Das klingt ja wie Hebräisch!«

Langsam zerstreuten sich auch die letzten Zweifel. Tatsächlich, es handelte sich eindeutig um unsere Hymne aus den

Gründerzeiten, die jedes Kind in Israel auswendig singen kann: »Chaverim, wir haben Pita, chaverot, wir haben Falafel.« Es klang zwar ein bißchen slawisch, was die Genossen da schmetterten, aber als die sibirischen Jungs dann zu der Strophe »Lehajim gefillte Fisch« kamen, brach im Saal ein derartiger Jubel aus, daß die Tel Aviver Kulturhalle in ihren Fundamenten erzitterte.

Um bei der Wahrheit zu bleiben, ganz überrascht waren wir nicht, denn offenbar hat es sich in internationalen Künstlerkreisen inzwischen herumgesprochen, daß die Israelis von kindischem Stolz auf ihre neugeborene Nationalsprache durchdrungen sind. Bisher hatten sich ausländische Gäste ihre hebräische Glücksbombe zwar immer für die Zugabe reserviert, aber diese Schlitzohren aus Omsk zündeten sie gleich zu Beginn.

»Bravo«, jubelte der Saal in seltener Einmütigkeit, »da capo, da capo!«

Dreimal wiederholte der Chor den herrlichen »gefillten Fisch«, und als er danach zu einer berauschenden Wiedergabe von »Hava Nagila« überleitete, hinderten uns nur die Absperrungen daran, die Bühne zu erstürmen und jeden einzelnen der hochbegabten Sänger zu umarmen.

Erwachsene Männer, denen man es nicht zugetraut hätte, schluchzten wie kleine Kinder neben hysterisch kreischenden Frauen. Wir waren überwältigt von der Großmut der russischen Supermacht, die dem Hebräischen den Vortritt vor der eigenen, ihrer Muttersprache, ließ.

Ja, wir hatten bis dahin nicht einmal gewußt, wie viele schöne Lieder wir unser eigen nennen dürfen … und jetzt sangen sie auch noch »Hevenu Schalom Aleichem« …

»Überwältigend«, meinte eine Nachbarin zu meiner Rechten zwischen zwei Schluchzern, »wenn auch ›Los Paraguayos‹ mit den Endsilben etwas besser fertig geworden sind.«

Selige Erinnerungen an die peruanische Sängerin Imma Somak wurden da wach, die vor etwa 30 Jahren als Auftrittslied den unvergeßlichen »Boker Tov Israel« gewählt hatte. Wenn ich mich recht erinnere, mußte die multikulturell begabte Künstlerin ihre Darbietung für 25 Minuten unterbrechen, um den Sanitätern den Abtransport der Ohnmächtigen zu ermöglichen. Frank Sinatra verblüffte danach mit einem sensationellen »Massal Tov, Tel Aviv«, einem Lied, das jedes israelische Publikum endgültig in die Knie zwingt, während Harry Belafonte der erste war, der die Stadt mit einer urhebräischen Darbietung von »Jerusalem of Gold« eroberte.

Omsk aber stellte sie alle in den Schatten. »Singt Schir Haschalom«, forderten die hinteren Reiben, »Schir Haschalom!«

Das Programm unserer Gäste war jedoch mit proletarischer Sorgfalt festgelegt. »Das nächster Liede kennen du sicher allen«, gab die dralle, blonde Ansagerin in fließendem Hebräisch bekannt: »Bitte hören du aufmerksamig.«

Sie sangen unser »Hallelujah« aus der Eurovision gar nicht so schlecht. Eigentlich sogar recht gut, aber es liegt nun einmal in der Natur des Menschen, daß er immer etwas Neues will. Ein paar Zuhörer äußerten den vorsichtigen Wunsch, im Laufe des Abends vielleicht doch irgend etwas Russisches zu hören, und im Saal ahnte man eine gewisse Sehnsucht nach den traurigen Liedern der Donkosaken.

Als uns der Omsker Chor dann mit einer original ukrainischen Ballade überraschte, wurde er auch prompt mit rhythmi-

schem Beifall belohnt – bis sich herausstellte, daß nur der erste Satz russisch gesungen wurde, die restlichen 23 Sätze hingegen in der Sprache der Bibel.

Das Hebräische gilt ja als eine der ältesten Sprachen der Welt, und seine willkürliche Unterdrückung durch die kommunistischen Behörden war ein schweres Unrecht, aber eine gewisse Ausgewogenheit im Programm wäre auch nicht schlecht gewesen.

»Omsk-Schmonsk«, flüsterte jemand hinter uns, »ich schwöre euch, das sind unsere Kibbuz-Choristen aus Haifa, die sich als Russen verkleidet haben ...«

Dieser Gedanke leuchtete ein. Das israelische Publikum, das schon bei den ersten Klängen der abgedroschenen »Hava Nagilas« die Flucht ergreift, wenn sie von einheimischen Sängern heruntergeleiert werden, reagiert mit überschwenglicher Begeisterung, wenn das Lied aus ausländischen Kehlen erklingt. Es wäre also nur allzu verständlich, wenn der Kibbuz-Chor die Geduld verloren, sich bunte Russenhemden und Pelzmützen beschafft hätte und ...

»Wenn sie jetzt noch die ›Jiddische Mamme‹ singen«, hieß es im Saal, »gibt es einen Aufstand!«

Unsere vorsichtigen Gäste begnügten sich jedoch mit einem mittelprächtig vorgetragenen »Schabbat Schalom«. Sie gingen uns inzwischen ganz schrecklich auf die Nerven. Auch Gastfreundschaft hat ihre Grenzen. In den hinteren Reihen bildeten sich Sprechchöre, die »Russisch, russisch!« skandierten.

Eine dicke Frau vor uns erhob sich:

»Singt euer Hebräisch gefälligst zu Hause!« rief sie drohend.

Ein älterer Herr aus der ersten Reihe pöbelte daraufhin die blonde Ansagerin an: »He galuptschik, gavariti paruski?«

»Da«, antwortete die Ansagerin, »Thoda raba, du gütiges Chaverim.«

Aus den hinteren Reihen war das Krachen zerberstender Stühle zu vernehmen. Die Atmosphäre knisterte.

Die neue russische Regierung hat nicht gelogen. Von einer Unterdrückung des jüdischen Kulturgutes in Rußland kann keine Rede mehr sein. Jedenfalls nicht in der Tel Aviver Kulturhalle.

Wie fast alle kreativen Menschen leidet auch Ephraim an plötzlich auftretenden Depressionen. Aber auch hier fügt er sich nicht einfach ins Unvermeidliche, sondern kämpft mit gesundem Menschenverstand gegen die Verstimmungen, die ihn ohne jede Vorwarnung überfallen.

Er fand unter anderem heraus, daß Licht und Dunkel dabei eine Rolle spielen, und so wird jeder Ort, an dem er sich länger aufhält, und das gilt zuallererst für Hotelzimmer, umgehend durch strahlendste Halogenscheinwerfer in wohltuendes Licht getaucht. Deshalb führt er immer eine ganze Batterie von Lampen im Bauch von Fifi mit.

Auch leere Wände beeinflussen sein Stimmungsbarometer ungünstig. Seit er das weiß, ist keine Wand mehr vor ihm sicher. Bis auf den letzten Millimeter wird sie vollgehängt mit Fotos, Bildern, Dokumenten, Karikaturen und eigenhändig gerahmten Zeitungsausschnitten. Ob zu Hause in Afeka oder im Schweizer Asyl Appenzell, Zuhängen heißt die Devise. Aber mit System. Und das ist endgültig. Denn wer auch nur ein Bild austauschen wollte, müßte das Puzzle von vorn beginnen, da jedes Ausstellungsstück sich übergangslos in das nächste einfügt.

In einem ist Ephraim unerbittlich: Ein Bild hat auf den Millimeter genau waagerecht an der Wand zu hängen. Trifft sein Blick, wo auch immer, auf ein schief hängendes Bild, so unterbricht er notfalls auch einen Vortrag, um es gerade zu rücken.

Eigentlich schätze ich Ephraims Ordnungsfimmel, ersetzt er doch die eine oder andere Haushaltshilfe, aber was das Künstlerische anbetrifft, bleibt es dann auch beim Bilder-gerade-hängen. Denn Ephraims Kunstverstand ist unerbittlich. Mein Angetrauter wird auch in diesem Bereich von seiner Logik geleitet. Als Absolvent der Kunstakademie fühlt er sich darüber hinaus befähigt, abschließende Werturteile zu fällen. Unsere divergierenden Geschmacksrichtungen haben schon bei der Ausstattung unseres ersten Hauses zu manchem Ehekrach geführt. Bereits damals ahnte ich, was ich noch zu erwarten hätte.

Das gilt keineswegs für die alte Kunst. Da sind wir durchaus eines Sinnes. Nur in der Moderne, da teilen sich die Geister. Ephraims massive Attacken gegen die moderne Kunst machen mir zu schaffen. Vor allem dann, wenn jeder nur denkbare Kompromiß von ihm kategorisch abgelehnt wird.

Ich entschuldige ihn manchmal damit, daß seine militante Haltung gegenüber dem »modernistischen Bluff«, der »größten Gaukelei unseres Jahrhunderts«, auch ein Ergebnis seiner dunklen Jugenderfahrungen ist. Sie stammt aus seinen Erlebnissen mit Menschen, die unfähig waren nein zu sagen, als ihnen Unverständliches aufgezwungen wurde, die verführt wurden von trügerischen rassistischen Tendenzen, die ihnen von oben aufoktroyiert wurden.

Ephraim ist diplomierter Metallbildhauer, er hat die klassische Technik erlernt, er kennt die Grundformen und die elementaren Regeln, die seiner Meinung nach jeder Künstler beherrschen muß, während die abstrakte Malerei keine Gesetze kennt. Für ihn ist die gegenstandslose Kunst Betrug und Irreführung. Er erkennt den Versuch nicht an, bestehende Normen zu brechen und Neues zu erproben.

Während meines Musikstudiums ging auch ich von der Klassik aus, habe aber ebenso die Entwicklung studiert, die auf dieser Basis bis zur modernen Musik führte. Den Weg von Bach bis Schönberg und weiter bis Ligeti oder Kagel habe ich vollzogen. Dies blieb Ephraim in der bildenden Kunst versagt.

In seinem Arbeitszimmer aber hat sich der Humorist Ephraim sein eigenes modernes Kunstwerk geschaffen, eine Collage à la Kishon. Da hängt ein Photo des blutrünstigen NKWD-Chefs Berija gleich neben seinem Bett, darüber sein erster hebräischer Artikel aus dem Jahre 1949, in Gesellschaft einer Menge schlechter Kritiken über seine Filme und Bühnenstücke, und das große Foto von seinem Freund und virtuosen Übersetzer Friedrich Torberg, der vor 15 Jahren gestorben ist.

Über seiner Schreibtischlampe hängt die Anzeige, die das Hinscheiden der »Sonne der Völker«, Stalins Tod, beklagt und gleich daneben in voller Pracht das kleine rote Buch Mao Tsetungs, Ephraims zeitgenössisches Symbol für die grenzenlose Dummheit der Menschen. Natürlich darf auch ein Bild von Jassir Arafat nicht fehlen, der wie die Venus Botticellis aus dem See aufsteigt, und Herzls Porträt auf dem Balkon hat er auf ein Plakat der PLO geklebt, gleich neben einem antisemitischen Pamphlet auf ungarisch. Diese Kuriositätensammlung wird dann durch alle möglichen Puppen, Schweinchen, bunte Vögel und grausliche Plastikinsekten komplettiert, damit auch das letzte Fleckchen Wand verschwindet …

Es ist seine ureigenste Collage. Denn so, wie mein Auserwählter kein Knabbern, außer dem seinen, duldet, so lehnt er auch jede Collage ab, die er nicht selbst angefertigt hat.

Keine Bazillen für Korea

In einem Sommer vor vielen Jahren verließ ich arglos das Haus, um Freunde zu besuchen. Da entdeckte ich an der Wand eine Aufschrift in riesigen, roten Buchstaben. »Stoppt den Bakterienkrieg in Korea!« schrie mich die Parole an, wobei das Ausrufezeichen haargenau über meiner Klingel prangte. Da ich es gerne vermeide, mich in die Querelen der Großmächte einzumischen, versuchte ich, die Schrift von der Wand zu kratzen. Das klappte aber leider nicht, da es sich offenbar um eine besonders intensive Propagandafarbe handelte, die imstande war, drei Zentimeter tief in eine Wand einzudringen. Ich holte mir also mehrere Kübel weißer Farbe und übermalte die Schrift.

So weit, so gut. Am nächsten Tag strahlte mir die Parole in ganz frischer Pracht wieder entgegen. Ich griff aufs neue zum Pinsel, der Parolenmaler tat desgleichen. Was tut in solchen Fällen der ratlose Bürger? Er geht zur Polizei und erzählt dem diensthabenden Beamten, daß jemand Tag für Tag auf unsere Wand den Slogan »Stoppt den Bakterienkrieg in Korea!« schmiert.

»Na ja«, meinte der Beamte, »dann stoppt ihn halt.«

Ich erklärte ihm, daß meine Frau und ich gar keinen Bakterienkrieg in Korea fahren könnten, denn wir arbeiteten schließlich den ganzen Tag und seien am Abend total erschöpft. Aber es könnten die Amerikaner gemeint sein, die den Bakterienkrieg stoppen sollen.

»Schade um die Zeit«, sagte der Beamte, »gegen die Amerikaner kann ich gar nichts unternehmen.«

Ich übermalte die Aufschrift und ging zum Anwalt. Er schlug vor, die UNO zu verklagen, der Ausgang des Prozesses sei aber völlig offen, da wir keine Zeugen hätten. Ich fragte ihn, was wir sonst noch gegen die Nachtschmierer unternehmen könnten. Er riet, zur Polizei zu gehen, Anzeige zu erstatten, den anonymen Schmierer dann zu schnappen und ihn ordentlich zu verprügeln.

Ich weiß aber, daß auch der umgekehrte Fall eintreten kann und der Schmierer mich erwischt und ordentlich verprügelt. Deshalb begnügte ich mich damit, die Aufschrift zu übermalen. Unsere Wand war jetzt schon zwei Zentimeter dicker als vor Ausbruch des Korea-Krieges, aber am nächsten Morgen erschien dort wieder der Aufruf an das Gewissen des jüdischen Volkes: »Stoppt den Bakterienkrieg in Korea!« Da kaufte ich mir rote Farbe und schrieb mit etwas größeren Buchstaben darunter eine Parole in eigener Sache: »Wir wollten ihn eigentlich stoppen, aber jetzt tun wir es nicht mehr. Die Anwohner.«

Seither herrscht an der Front unseres Hauses Ruhe, Waffenstillstand. Genau wie in Korea.

Ich bin ganz einfach wahrheitsliebend. Darum gestehe ich, daß Ephraim ein Lügner ist, der niemals lügt.

Er manipuliert lediglich die Wahrheit oder gewichtet sie anders, er führt sie ad absurdum oder macht sich über sie lustig. Das gilt aber nur für den Autor Kishon, für den schriftlichen Teil von Ephraim.

Als Privatmann hat er zur Wahrheit ein ambivalentes Verhältnis: Er haßt Lügner, obwohl er auch jene nicht sonderlich schätzt, die es sich leicht machen und immer und überall die volle Wahrheit sagen.

Resultiert dies aus seiner pragmatischen Lebenseinstellung, oder ist es für ihn nur literarisches Mittel, eine andere Perspektive zu finden, um das Absurde des Alltags sichtbar zu machen?

Ich weiß es bis heute nicht. Ich weiß nur, daß ich die Heldin vieler Geschichten bin, die sich mein Auserwählter aus den Fingern gesogen hat. Wie zum Beispiel jene wohlbekannte Satire, in der ich mich einen ganzen Silvesterabend lang anziehe und herrichte.

Natürlich ist da etwas Wahres dran, aber ich möchte nicht verhehlen, daß nicht selten auch das Gegenteil eintritt und ich auf Ephraim warte. Er wechselt dann noch die Krawatte, erinnert sich plötzlich daran, daß er den Telefonanrufbeantworter nicht abgehört hat, oder er muß noch etwas trinken, muß schwimmen oder duschen und seine drei Videoapparate sorgfältig vorprogrammieren. Kurz: Auf meine genervten Versuche, ihn anzutreiben, ruft er ein »Komme sofort«, das dann eine halbe Stunde dauert.

Dabei ist mein lieber Mann ein sogenannter »compulsive recorder«. Die unzähligen Videokassetten, die sich in den letzten fünfzig Jahren angesammelt haben, kann er sich gar nicht alle ansehen, und die Filme und Programme, die er aufgenommen hat, »um sie nicht zu verpassen«, sind für alle Ewigkeit verpaßt, es sei denn, er wird 300 Jahre alt.

Ganz sicher aber fallen ihm genau in jenem Augenblick, in dem wir das Haus verlassen, unaufschiebbare

Faxsendungen ein, die noch ganz rasch erledigt werden müssen, und überhaupt ist der abgehörte Anrufbeantworter noch nicht wieder eingeschaltet. Während all dieser nervtötenden Warterei wird er nicht müde, mir zu versichern, daß Zeit für ihn das kostbarste aller Güter ist …

Wenn Ephraim sich über meine Marathon-Ankleidung ausläßt, so weiß er ja gar nicht, wovon er spricht. Ich bin sicher, daß er sich an kein einziges meiner Kleider erinnern kann, am allerwenigsten an mein wunderschönes blaues Brautkleid, das ich bei unserer Hochzeit trug. Sein Gedächtnis behält eben nur knallenge Minikleider …

»Natürlich, du hast wieder mal nichts anzuziehen«, mit dieser spöttischen Bemerkung entledigt er sich ungerührt jeglicher Verantwortung für meine Garderobe.

Der Glückliche hat ja keine Ahnung von der Qual der Suche einer Ehefrau nach dem kleinen Schwarzen, das nichts Besonderes ist und trotzdem etwas an sich hat, oder nach der Bluse, die zu etwas ganz Bestimmtem passen muß, aber keine kurzen Ärmel haben darf. Das kostet Zeit und Nerven. Vor allem, wenn das Kleid speziell für eine bestimmte Veranstaltung, ein Festkonzert oder eine Opernpremiere gekauft wurde.

Wobei ich nicht ausschließe, daß das verzweifelt gesuchte Kleidungsstück bereits im Schrank hängt, ich jedoch plötzlich keine Lust mehr habe, in ein langweiliges Theaterstück zu gehen. In diesem Fall wäre es vielleicht eine Lösung, Ephraim alleine loszuschicken, in Begleitung des neuen Kleides, das er in der Pause auf einem Bügel stolz durchs Theaterfoyer tragen kann, um damit die Anwesenden zu beeindrucken.

Das könnte meine Ankleidezeit deutlich verkürzen. Einen anderen Weg sehe ich im Augenblick leider nicht.

Marathon zur Jahreswende

Ephraim!« rief meine Frau aus dem Nebenzimmer. »Ich bin beinahe fertig!«

Es war halb neun Uhr am Abend des 31. Dezember. Meine Frau saß seit Einbruch der Dämmerung vor dem großen Spiegel ihres Schlafzimmers, um für die Silvesterparty unseres Freundes Tibi Toilette zu machen. Am 31. Dezember beginnt es kurz nach drei Uhr nachmittags zu dämmern. Aber jetzt war sie beinahe fertig. Es sei auch schon Zeit, sagte ich, denn wir wollten um zehn Uhr bei Tibi sein. Mit einer Viertelstunde Verspätung rechne ein Gastgeber sowieso, meinte die beste Ehefrau von allen, und eine weitere Viertelstunde würde nicht schaden. Partys, besonders Silvesterpartys, seien am Anfang immer langweilig. Und überdies, so schloß sie, wisse sie noch nicht, welches Kleid sie nehmen solle. Lauter alte Fetzen. »Ich habe nichts anzuziehen«, sagte sie.

Sie sagt das bei jeder Gelegenheit, gleichgültig wann und zu welchem Zweck wir das Haus verlassen. Dabei bringt sie die Tür ihres Kleiderschranks kaum noch zu, denn er quillt über vor lauter Garderobe.

»Ich könnte das glatte Schwarze nehmen«, überlegte sie jetzt. »Oder das hochgeschlossene Blaue.«

»Ja«, sagte ich.

»Was ja? Also welches?«

»Das Hochgeschlossene.«

»Paßt zu keiner Silvesterparty. Und das Schwarze ist zu feierlich. Wie wär's mit der weißen Seidenbluse?«

»Klingt nicht schlecht.«

»Aber wirkt eine Bluse nicht zu sportlich?«

»Eine Bluse sportlich? Keine Spur!«

Rasch half ich ihr den Reißverschluß zuzuziehen, um eine neue Meinungsänderung zu verhindern. Während sie nach passenden Strümpfen suchte, rasierte ich mich.

Es scheint ein ehernes Gesetz zu sein, daß passende Strümpfe niemals paarweise auftreten, sondern immer als Single. So auch hier. Von den Strümpfen, die zur Bluse gepaßt hätten, war nur ein einziger da, und zu den Strümpfen, von denen ein Paar vorhanden war, paßte die Bluse nicht. Also mußte sie auf die Bluse verzichten. Die Suche unter den alten Fetzen begann von vorne.

»Es ist zehn Uhr vorbei«, wagte ich zu bemerken. »Wir kommen zu spät.«

»Wenn schon. Dann versäumst du eben ein paar von den alten Witzen, die dein Freund Stockler immer erzählt.«

Ich stand fix und fertig da, aber meine Frau hatte die Frage »Perlmutter oder Silber« noch nicht entschieden. Von beiden Strumpfgattungen gab es je ein komplettes Paar, und das erschwerte die Entscheidung. Vermutlich würde sie bis elf Uhr nicht gefallen sein.

Ich ließ mich in einen Sessel fallen und begann die Tageszeitungen zu lesen. Meine Frau suchte unterdessen nach einem zu den Silberstrümpfen passenden Gürtel. Den fand sie zwar, fand aber keine Handtasche, die mit dem Gürtel harmonierte. Ich übersiedelte an den Schreibtisch, um ein paar Briefe und eine Kurzgeschichte zu schreiben. Auch für einen längeren Essay schwebte mir bereits ein Thema vor.

»Fertig!« ertönte von nebenan die Stimme meiner Frau. »Bitte hilf mir mit dem Reißverschluß!«

Manchmal frage ich mich, was Frauen täten, wenn sie keine Männer für den Reißverschluß hätten. Wahrscheinlich würden sie dann nicht auf Silvesterpartys gehen. Meine Frau hatte einen Mann für den Reißverschluß und ging trotzdem nicht. Sie setzte sich vor den Spiegel, schmückte sich mit einem schicken Frisierumhang und begann an ihrem Make-up zu arbeiten. Erst kommt die flüssige Teintgrundlage, dann Puder. Die Augen sind noch unberührt von Wimperntusche. Die Augen schweifen umher und hoffen auf Schuhe zu stoßen, die zur Handtasche passen. Das Paar in beige ist leider beim Schuster, die schwarzen mit den hohen Absätzen sind wunderschön, aber nicht zum Gehen geeignet, die mit den niedrigen Absätzen sind zum Gehen geeignet, aber sie haben niedrige Absätze.

»Es ist elf!« sagte ich und stand auf. »Wenn du noch nicht fertig bist, gehe ich allein.«

»Schon gut, schon gut. Warum die plötzliche Eile?«

Ich bleibe stehen und sehe, wie meine Frau den Umhang ablegt, weil sie sich nun doch für das schwarze Cocktailkleid entschieden hat. Aber wo sind die dazugehörigen Strümpfe?

Um halb zwölf greife ich zu einer List. Ich gehe mit weithin hörbaren Schritten zur Wohnungstür, lasse einen wütenden Abschiedsgruß erschallen, öffne die Tür und schlage sie krachend zu, ohne die Wohnung zu verlassen. Dann warte ich.

Nichts geschieht. Es herrscht Stille.

Eben. Jetzt hat sie den Ernst der Lage erkannt und beeilt sich. Ich habe sie zur Vernunft gebracht. Ein Mann muß gelegentlich auch schwerere Geschütze auffahren.

Fünf Minuten sind vergangen. Eigentlich ist es nicht der Sinn der Silvesternacht, daß man in einem dunklen Vorzimmer steht und wartet.

»Ephraim! Komm und zieh mir den Reißverschluß zu!«

Nun, wenigstens hat sie sich jetzt endgültig für die Seidenbluse entschieden, am schwarzen Kleid war eine Naht geplatzt. Sie wechselt auch schon die Strümpfe, Perlmutter oder Silber.

»So hilf mir doch ein bißchen, Ephraim! Was würdest du mir raten?«

»Daß wir zu Hause bleiben und schlafen gehen«, sagte ich, zog meinen Smoking aus und legte mich ins Bett.

»Mach dich nicht lächerlich. In spätestens zehn Minuten bin ich fertig ...«

»Es ist zwölf Uhr. Das neue Jahr hat begonnen. Mit Orgelton und Glockenschlag. Gute Nacht.« Ich lösche das Licht und schlafe ein. Das letzte, was ich im alten Jahr noch gesehen habe, war meine Frau, die sich vor dem Spiegel die Wimpern tuschte, den Umhang umgehängt.

Nach einem tiefen, wohltätigen Schlummer erwachte ich im nächsten Jahr. Die beste Ehefrau von allen saß in einem blauen, hochgeschlossenen Kleid vor dem Spiegel und pinselte sich die Augenlider schwarz. Angst überfiel mich.

»Ist dir klar, mein Junge«, hörte ich mein Unterbewußtsein flüstern, »daß du eine Irre zur Frau hast?«

Ich sah auf die Uhr. Es war halb zwei. Mein Unterbewußtsein hatte recht: Ich war mit einer Wahnsinnigen verheiratet. Ich war zur Hölle verdammt, ich war in einen kleinen Raum gesperrt, mit einer Frau, die sich ankleidete und auskleidete und ankleidete und auskleidete für immer und ewig …

Ich fürchte mich vor ihr. Jawohl, ich fürchte mich. Eben jetzt hat sie begonnen, eine Unzahl von Gegenständen aus der großen schwarzen Handtasche in die kleine schwarze Handtasche zu tun und wieder in die große zurück. Sie ist beinahe angekleidet, auch ihre Frisur steht beinahe fest, es fragt sich nur noch, ob die Stirn frei bleiben soll oder nicht. Die Entscheidung fällt zugunsten einiger Haarsträhnen, die über die Stirn verteilt werden. So schwinden nach längerer Betrachtung die letzten Zweifel, daß eine freie Stirn doch besser wirkt.

»Ich bin fertig, Ephraim! Wir können gehen.«

»Hat das denn jetzt überhaupt noch einen Sinn, Liebling? Um zwei Uhr früh?«

»Mach dir keine Sorgen. Es werden noch genug von diesen ungenießbaren kleinen Zahnstocherwürstchen übrig sein …«

Sie ist mir offenbar ein wenig böse, die beste Ehefrau von allen, sie nimmt mir meine hemmungslose Ungeduld und mein brutales Drängen übel. Aber das hindert sie nicht an der Vollendung ihres Make-ups. Sie hat sogar den kleinen, schicken Umhang schon abgestreift. Er liegt hinter ihr auf dem Fußboden.

Nun war sie tatsächlich so gut wie fertig. Ich half ihr mit dem Reißverschluß ihres schwarzen Cocktailkleides, wünschte ihr viel Erfolg bei der Strumpfsuche, ging in mein Arbeitszimmer und setzte mich an den Schreibtisch.

»Warum gehst du weg?« rief sie nach wenigen Minuten. »Gerade jetzt, wo ich beinahe fertig bin? Was treibst du denn?«

»Ich schreibe ein Theaterstück.«

»Mach schnell! Wir gehen gleich!«

»Ich weiß.«

Die Arbeit ging zügig voran. Ich entwarf die Hauptrolle, es müßte ein bedeutender Künstler sein, vielleicht ein Maler oder ein Klaviervirtuose oder ein satirischer Schriftsteller, er hat voll Tatendrang und Lebenslust seine Laufbahn begonnen, die aber nach einiger Zeit hoffnungslos versandet, er weiß nicht, warum. Endlich kommt er drauf, seine Frau bremst und lähmt ihn, hemmt seine Bewegungsfreiheit, hält ihn immer wieder zurück, wenn er etwas vorhat. Er kann's nicht länger ertragen. Er wird sich aus ihren Fesseln befreien. In einer langen, schlaflosen Nacht beschließt er, sie zu verlassen. Schon ist er auf dem Weg zur Tür.

Da sieht er sie im Badezimmer vor dem Spiegel stehen, wo sie gerade ihr Gesicht säubert. Die Farbe ihres Lidschattens hat ihr mißfallen, und sie will einen neuen auflegen. Dazu muß man das ganze Make-up ändern, mit allem, was dazugehört, abschmieren, Öl wechseln, Batterie nachschauen, alles.

Nein, ein solches Leben hat keinen Sinn. Hoffentlich ist der Strick, den ich neulich in meiner Gerätekammer liegen sah, noch dort. Und hoffentlich hält er …

Irgendwie muß meine Frau gespürt haben, daß ich bereits auf dem Stuhl unterm Fensterkreuz stand.

»Ephraim!« rief sie. »Laß den Unsinn und mach mir den Reißverschluß zu! Was ist denn jetzt schon wieder los?«

Ach nichts. Gar nichts ist los. Es ist halb drei am Morgen, und meine Frau steht im Badezimmer vor dem Spiegel und sprüht Parfüm auf ihr Haar, während ihre andere Hand nach den Handschuhen tastet, die seltsamerweise im Badezimmer liegen. Und seltsamerweise beendet sie beide Operationen erfolgreich, das Parfümversprühen und die Handschuhe. Es ist soweit. Kaum zu fassen, aber es ist soweit.

Leise Hoffnung schimmert durch das Dunkel. So war's also doch der Mühe wert, auszuharren. In einer Weile werden wir wirklich gehen, zu Tibi, zur Silvesterparty, es ist zwar schon drei Uhr früh, aber ein paar Leute werden bestimmt noch dort sein und noch in guter Stimmung, genau wie meine kleine Frau, sie funkelt vor Energie und Unternehmungslust, sie gibt die Gegenstände aus der großen schwarzen Handtasche in die kleine weiße, sie wirft einen letzten Blick in den Spiegel, und ich stehe hinter ihr, und sie wendet sich scharf zu mir und sagt: »Warum hast du dich nicht rasiert?«

»Ich habe mich rasiert, Liebling. Vor langer, langer Zeit, als du begannst, Toilette zu machen. Da habe ich mich rasiert. Aber wenn du meinst …«

Ich gehe ins Badezimmer. Aus dem Spiegel starrt mir das zerfurchte Gesicht eines gealterten, vom Schicksal geschlagenen Melancholikers entgegen, das Gesicht eines verheirateten Mannes, dessen Frau im Nebenzimmer steht und von einem Fuß auf den anderen steigt, bis sie sich nicht mehr beherrschen kann und zornig ruft:

»So komm doch endlich! Immer muß man auf dich warten!«

Eigentlich interessiert sich Ephraim überhaupt nicht für Briefmarken, es sei denn, für die theoretische Möglichkeit, sie für kleine Betrügereien zweckzuentfremden. Zum Beispiel für die Aktion »Post mortem«.

Einer der köstlichen Streiche des Alter-ego-Hochstaplers Jossele beruhte auf dem Einfall, Briefe ohne Briefmarken zu versenden. Das war sehr praktisch, funktionierte jedoch nur in Ländern wie etwa in Israel, in denen die Post unfrankierte Briefe an den Absender zurückschickte.

Das System ist überraschend einfach. Man muß auf dem unfrankierten Umschlag nur den Absender und die Adresse vertauschen, also statt der Adresse des Adressaten die Adresse des Absenders und umgekehrt auf dem Brief vermerken.

Und was tut die Post? Sie verweigert den Brief ohne Marken und schickt ihn an den Absender zurück, der aber, wie geplant, der Empfänger ist.

Leider hat das aber auch die israelische Post begriffen.

Zunächst jedoch wurden Ephraims unfrankierte Briefe noch ganz ordnungsgemäß befördert und an die diversen »Absender« zurückgeschickt. Aber eines Tages unterlief meinem angetrauten Gauner ein schicksalhafter Fehler. Er veröffentlichte seine geniale Erfindung in einem seiner Bücher, inklusive detaillierter Gebrauchsanweisung, um das ganze Land an dieser Rationalisierungsmöglichkeit partizipieren zu lassen …

Leider lesen aber auch Postbeamte Bücher und Lesen bildet. Nun schickt die israelische Post unfrankierte Briefe nicht mehr an den Absender zurück, sondern händigt sie dem Empfänger gleichzeitig mit der Rechnung aus.

Ephraim nahm das Scheitern seines Systems ungerührt zur Kenntnis. Dies ist, wie gesagt, Ephraims einzige und ausschließliche Beziehung zu Briefmarken. Er sammelt sie nicht, angeblich aus Zeitmangel. Eigentlich sammelt er überhaupt nichts. Daß seine Schubladen von unnötigem Krimskrams nur so überquellen, ist wohl seiner Gewohnheit zuzuschreiben, niemals alte Sachen wegzuwerfen. Aberglaube? Ehrfurcht vor dem Alter? Wie auch immer. Jedenfalls ist sein Auto 25 Jahre alt, und seine abgewetzte Reisetasche namens Fifi begleitet ihn bereits seit 20 Jahren auf allen Reisen, obwohl sie vor jeder Fahrt repariert, geflickt, geklebt und gestreichelt werden muß.

Er kann sich eben von alten Sachen einfach nicht trennen. Als seine langjährige Ehefrau kann ich nur sagen, ich finde das ganz in Ordnung.

Karriere eines vorpubertären Sammlers

Vor etwa einer Woche bemerkte ich, daß ich keine Briefe mehr bekam. Ich glaubte zuerst, es handle sich um einen neuen Briefträger. Gestern entdeckte ich durch Zufall den wahren Grund. Als ich zu ungewohnter Stunde das Haus verließ, sah ich den kleinen Riegler aus dem Nebenhaus, wie er mit zwei zarten Fingern in den Schlitz meines Briefkastens fuhr und gleich auf den ersten Griff drei oder vier Briefe herausfischte. Als er mich sah, flitzte er davon.

Ich begab mich ebenso schnurstracks wie wutschnaubend zu Herrn Riegler, der bereits an der Haustür stand.

»Was los?« fragte er.

»Allerdings«, schleuderte ich ihm entgegen, »Ihr Sohn stiehlt meine Briefe.«

»Er stiehlt keine Briefe. Das Kind sammelt Briefmarken.«

»Wie bitte?«

»Hören Sie«, holte Herr Riegler aus. »Ich lebe mit Gottes Hilfe seit 33 Jahren in diesem Land und habe einiges geleistet, wovon nur sehr wenige Menschen wissen, darunter ein paar Minister. Ich spreche aus Erfahrung. Und ich sage Ihnen, heutzutage ist es nicht mehr der Mühe wert, Briefe zu bekommen.«

»Und wenn einmal ein wichtiger Brief dabei ist?«

»Wichtig? Was ist schon wichtig? Ist der Steuerbescheid wichtig? Ist eine Gerichtsvorladung wichtig? Ist es wichtig, was Ihre geldgierigen Verwandten in ihren Bettelbriefen schreiben? Glauben Sie mir, es gibt keine wichtigen Briefe.«

»O doch.«

»Seien Sie nicht kleinlich. Mein Bruder war Karatetrainer in der Armee und bekam plötzlich einen Brief mit der Nachricht, daß er als Gesandter nach Sansibar zu gehen hätte. Er gab ein Vermögen für eine neue Garderobe aus und las eine Menge Bücher, um sich über seinen neuen Wirkungsbereich zu informieren. Nach einer Woche stellte sich heraus, daß es sich um einen bedauerlichen Irrtum handelte, jetzt arbeitet er als Rausschmeißer in der ›Sansi-Bar‹. Nur damit Sie wissen, was ein wichtiger Brief ist.«

»Wichtig oder nicht, ich möchte meine Briefe ganz gerne lesen. Okay?«

»Okay. Ich versuche meinen Sohn dazu zu bringen, daß er nur die Marken behält und Ihnen die wichtigsten Briefe zurückgibt.«

»Vielen herzlichen Dank. Darf ich Ihrem Herrn Sohn einen Schlüssel zu meinem Briefkasten überreichen?«

»Wozu? Der Bub soll nur schön lernen, wie man Marken sammelt.«

In Ephraims rechter Hosentasche ruhen, einträchtig mit der Mini-Apotheke, immer und überall ein Paar »Füldugasz«. So heißen auf ungarisch die Ohrenstöpsel. In der Familie haben wir den beiden treuen Wegbegleitern einen Spitznamen verpaßt und nennen sie kurz die »Füldis«.

Lärm ist nämlich der Erzfeind von Ephraims seelischer Ausgeglichenheit. Deshalb ist auch sein Heiligtum, das Arbeitszimmer, mit schweren, lärmsicheren Türen abgedichtet. Manchmal wissen wir gar nicht, ob der »Nachbar von oben«, wie die Kinder und ich unseren »Herrn der Stille« nennen, überhaupt unter uns weilt.

Die Geräuschkulisse, die heutzutage in Restaurants, Diskotheken, an anderen Veranstaltungsorten oder einfach überall grundsätzlich vorherrscht, schlägt nicht nur sämtliche Dezibel-Rekorde, sondern vor allem auf das Trommelfell.

Da weiß sich Ephraim zu helfen. Wenn zum Beispiel ein Jazz-Orchester in ein ohrenbetäubendes »Fortissimo« mündet, zieht er in aller Ruhe seine »Füldis« aus der Hosentasche und stopft sie ungeniert in seine Ohren. Dann sitzt er ganz entspannt im Hier und Jetzt auf seinem Platz, egal, was passiert, wenn auch mit gleichmäßig dämlichem Grinsen.

Überflüssig zu erwähnen, daß er sich auch in der Nacht, sobald er sich ins Bett gelegt hat, in den Schutz seiner »Füldis« begibt. Deshalb standen wir innerhalb der Familie schon mehrmals dem Problem gegenüber, wie er in einem Notfall zu wecken wäre.

Der Wunsch, abzuschalten, durchzuschlafen, rührt verständlicherweise von Ephraims dunklen Tagen her, als er fliehen mußte und Schritte im Treppenhaus oder ein Klopfen an der Tür das Todesurteil bedeuten konnten.

Aber die »Füldis« haben auch ihre komische Seite. Unsere Tochter Renana erwachte eines Nachts mit hohem Fieber, und wir mußten sie ins Krankenhaus bringen. Der Autoschlüssel war natürlich in Ephraims Hosentasche. Rafi und ich standen vor der Tür des Vaters und Gemahls und hatten keine Ahnung, wie wir ihn wachkriegen sollten. Nur eines wußten wir: Selbst sanftes Anklopfen ist gefährlich, denn jedes Geräusch an der Tür bedeutet für Ephraim Flucht nach draußen, wenn es sein muß auch durchs Fenster, egal, aus welchem Stockwerk.

Rafi und ich zwitscherten vor der Tür wie Vögel im

Frühling, gaben kreischende Laute von uns, jedoch ohne jeden Erfolg. Die »Füldis« waren stärker. Rafi hatte die brillante Idee, den Geruch grüner Zwiebeln durchs Schlüsselloch zu blasen oder im Duett mit mir den Radetzky-Marsch zu schmettern. Letztlich blieb uns nichts anderes übrig, als abzuwarten, bis Ephi seinen Schönheitsschlaf beendet hatte. Erst dann konnten wir ins Krankenhaus fahren, immerhin in der beruhigenden Gewißheit, eine Multimediashow des Füldugasz-Inhabers vermieden zu haben.

Wer diese Zusammenhänge kennt, wird auch die Geschichte ganz anders lesen, die Ephi über einen seiner Erzfeinde verfaßt hat.

Lärm als kalkulierbarer Wirtschaftsfaktor

Lärm muß nicht unbedingt von draußen kommen. Einschlägige Spezialisten verwandeln heute die Wohnung selbst in den Lärmerzeuger. Das geschieht am wirkungsvollsten mit einer Wundermaschine, die Feuchtigkeit von draußen in Lärm nach innen umsetzt.

Es war Herbst. Es war ein sehr heißer Herbst. Es war so heiß, daß die beste Ehefrau von allen das Wort »Klimaanlage« ins Gespräch brachte. »Jetzt?« fragte ich. »Im Herbst?« Aber das beeindruckte sie nicht im geringsten. Vielmehr entfaltete sie mit einiger Mühe die schweißgebadete Zeitung, die auf dem Tisch lag, und deutete auf eine halbseitige Anzeige der Firma »Pronto Klima-Anlagen Ges. m. b. H.«, die in blumigen Wor-

ten ein neues, »Flüsterkasten« genanntes Modell anpries: Kühle im Sommer, Wärme im Winter, Stille in jeder Jahreszeit, Stille bei Tag und Nacht.

Ich willigte seufzend ein.

Der Chefingenieur der Firma »Pronto«, ein gewisser Schlomo, erschien persönlich, um von unseren Fenstern das auszusuchen, an dem das Gerät am besten anzubringen wäre. Er machte uns auf einen speziell eingebauten Schalthebel aufmerksam, den sogenannten »Besänftiger«, der dazu diente, beim Einschalten eventuell auftretende Geräusche unhörbar zu machen. Die ganze Pracht käme auf 4999 Schekel plus 1500 Schekel für die Montage, beides in bar und im voraus. Den hohen Preis für die Montage begründete Schlomo mit der einjährigen Garantie für das Loch in der Mauer.

Wenige Tage später war das Gerät installiert.

»Ich gratuliere«, sagte Schlomo. »Sie werden mit dem ...«

Der Rest seiner Ansprache ging im ohrenbetäubenden Lärm einer Boeing 747 vor dem Start unter. Eine Weile standen wir regungslos auf unserem Privatflugfeld und lauschten dem akustischen Wunder des Flüsterkastens, ehe ich zaghaft einwendete:

»Ganz hübsch laut, wie?«

»Wie?« replizierte Schlomo. »Ich kann Sie nicht hören!«

»Lärm!« brüllte ich. »Es lärmt!«

»Was? Wo?«

Er sprach noch weiter, aber da in meinem Gymnasium das Lippenlesen nur als Wahlfach unterrichtet worden war, hatte ich es nicht gelernt und verstand ihn nicht.

In die Küche drang das Getöse der Jetmotoren nur gedämpft. Dort erklärte mir Schlomo, daß jede jungfräuliche Maschine ein bis zwei Tage benötige, um sich an ihre neue

Umgebung zu gewöhnen. Aber wenn es morgen noch irgendwelche Beschwerden gebe, sollte ich ihn anrufen, er würde sich freuen.

Was sich in dieser Nacht abspielte, braucht den Vergleich mit der aufwendigsten »Son et Lumière«-Produktion nicht zu scheuen. Alle zehn Minuten stand ich auf, drehte das Licht an und versuchte den Lärm abzustellen, indem ich wieder und wieder den Besänftiger einschaltete. Er besänftigte jedoch überhaupt nichts, nicht einmal die beste Ehefrau von allen, die langsam hysterisch wurde. Ich tröstete mich mit der alten Binsenweisheit, daß der Mensch sich an alles gewöhnt, aber als ich um zwei Uhr früh den Besänftigungshebel in der Hand hielt, konnte ich nur noch auf ungarisch reagieren, und das ist bei mir immer ein Zeichen plötzlichen Nervenversagens.

Der ungehemmte Lärm paarte sich jetzt immerhin mit einer Art Kühle, die mir vielleicht eine Art Schlaf ermöglicht hätte, wenn nicht von Zeit zu Zeit die Kinder hereingekommen wären, um sich schluchzend zu beklagen, daß sie nicht schlafen könnten, weil die Betten unaufhörlich zitterten.

Um drei Uhr unternahm die beste Ehefrau von allen einen Rundgang und verteilte Ohropax. Daraufhin breitete sich wohltätige Stille aus. Nur dann und wann durchbrach eine Boeing die Schallmauer.

Um fünf Uhr schrieb meine Frau auf den Notizblock, den wir zwischen uns plaziert hatten: »Das Monstrum geht morgen an Schlomo zurück, verstanden?« Ich antwortete gleichfalls schriftlich, daß wir bar gezahlt hätten. Der stumme Schmerzensschrei, den ich sie ausstoßen sah, schnitt mir ins Herz. In einer plötzlichen Eingebung stürzte ich zum Flüsterkasten und stellte ihn ab.

Die Wirkung war sensationell. Der Flugverkehr kam zum Erliegen, und in der sommerlichen Wärme, die uns umschmeichelte, schliefen wir ein, wie zwei Spione, die aus der Kälte kamen.

Gleich am Morgen rief ich Schlomo an:

»Hören Sie«, sagte ich. »Diese Klimaanlage ...«

»Schon gut, schon gut.« Er ließ mich gar nicht ausreden. »Wir nehmen sie zurück und erstatten den vollen Kaufpreis.«

Eine halbe Stunde nach diesem Gespräch erschienen die beiden Vierschröter, montierten die Höllenmaschine ab und erklärten sich bereit, das himmelblaue Loch in der Mauer gegen 500 Schekel zuzumauern. Ich feilschte nicht. Ich bin ein guter Verlierer.

Es brauchte einige Zeit, bis wir uns an die Ruhe gewöhnten. Aber, wie gesagt: Der Mensch gewöhnt sich an alles.

Als wir bald darauf ein befreundetes Ehepaar besuchten, ertönte beim Betreten der angenehm kühlen Wohnung das vertraute Dröhnen einer startbereiten Boeing 747.

»Das Ding ist erst heute vormittag montiert worden«, schrie mir die Frau des Hauses entgegen. »Aber wir haben die Firma ›Pronto‹ bereits verständigt, daß wir's zurückgeben. Wir verlieren eben die Montage. Immer noch besser.«

Ich kontrollierte dieses Gerät. Der Besänftigungshebel war abgebrochen.

Schlomo machte, an die Bürowand gedrängt, verzweifelte Anstrengungen, sich aus meinem Würgegriff zu befreien. Aber ich ließ erst locker, als er zugestand:

»Mit den Klimaanlagen läßt sich ja nichts verdienen«, stöhnte er »Die Einfuhrzölle und die Steuern sind zu hoch. Das einzige, was Geld bringt, ist die Montage und das Zumauern der Löcher.«

Ich drehte ihm den Arm auf den Rücken und drängte ihn in den Lagerraum. Mein Verdacht bestätigte sieh: Das ganze Inventar bestand aus einer alten Boeing. Daneben hockten die beiden Vierschröter und kauten an je einem Salamibrot.

Schlomo senkte den Kopf.

»Jawohl, wir verkaufen immer dasselbe Gerät und am nächsten Tag wird es abmontiert. Ich gebe es zu. Aber schließlich muß ich ja von irgend etwas leben. Ich habe eine Frau. Ich habe Kinder, eine Freundin …«

Warum die »Pronto Klima-Anlagen Ges. m.b.H.« trotzdem plötzlich Konkurs anmeldete, konnte sich niemand erklären.

Nachforschungen ergaben folgendes:

Schlomo hatte seinen Flüsterkasten nach Bat Jam verkauft, an den Nestor der Siedlung, einen der ältesten noch lebenden Einwanderer überhaupt, und hatte am nächsten Tag vergeblich auf den üblichen Anruf gewartet. Als auch am nächsten Tag nichts geschah, rief er in Panik selber an:

»Ist der Apparat nicht ein wenig laut?« erkundigte er sich.

»Leider«, antwortete der greise Pionier. »Freitag abend habe ich keine Zeit.«

Der Mann war stocktaub. Und Schlomos Boeing, die einzige, war aus dem Verkehr gezogen.

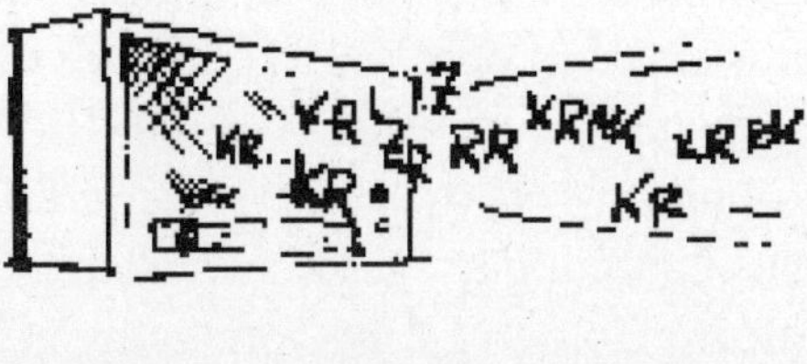

Ephraim ist ein Pragmatiker, mit beiden Beinen steht er fest auf dem Boden der Tatsachen. Darum meint er auch, daß man als vernünftiger Mensch am Aberglauben nicht vorbeikommt. Man muß ja nicht unbedingt überzeugt davon sein, aber es wäre unklug, sich nicht damit zu beschäftigen. Man sollte eben ein paar Grundregeln kennen, um sie dann strikt einzuhalten. Den Rest kann man ruhig vergessen.

Da ist zum Beispiel die Zauberknolle Knoblauch, die, verstaut in der Jackentasche oder dem Portemonnaie, eine fast hundertprozentige Erfolgsgarantie verspricht. Kein Wunder also, daß Ephraim sich vor jeder seiner Premieren mit einer frischen Knoblauchzehe bewaffnet, die ihn vor eventuellen Mißerfolgen schützt und in manchen Fällen sogar bösartige Kritiker milder stimmt.

Als Topol mit Ephraim bei den internationalen Filmfestspielen in San Francisco aufgeregt auf die Verkündung der Sieger wartete, war er sehr erstaunt, seinen sonst so nervösen Freund gelassen im Sessel sitzen zu sehen. In die spannungsgeladene Stille im Saal flüsterte Ephraim Topol zu: »Ich bin völlig ruhig, denn ich verlasse mich nicht auf Wunder. Ich habe mit Knoblauch vorgesorgt.« Und zieht aus der Jackentasche die erlösende Zehe: »Beten reicht nicht. Man muß auch etwas tun.«

Überflüssig zu erwähnen, daß Ephraims Film »Salach Schabati« mit Topol in der Hauptrolle kurz danach den ersten Preis gewann.

»So funktioniert es eben«, kommentierte Ephraim das Ergebnis und nahm den verdienstvollen Knoblauch-Talisman mit zur Golden-Globe-Verleihung in Los Angeles. Für die Gala mußte er sich einen schwarzen Frack leihen, der natürlich unverzüglich mit der Glückszehe ausgestattet wurde. Vielleicht fühlte sich der Knoblauch im Frack besonders verpflichtet, jedenfalls brachte er sogar zwei erste Preise.

Im Überschwang des Sieges vergaß Ephraim jedoch, wem er zu Dank verpflichtet war. Der Knoblauch hat seine Schuldigkeit getan, der Knoblauch kann gehen …

Einige Jahre später war ein anderer Film Ephraims als einer der fünf ausländischen Filme für den Oscar nominiert worden. Ich begleitete meinen Mann nach Los Angeles. Bei unserer Ankunft stellten wir zu Ephis Entsetzen fest, daß der Knoblauch zu Hause geblieben war. Wir versuchten, im letzten Moment bei ortsansässigen Israelis der jüdischen Gemeinde noch eine Zehe aufzutreiben. Zu spät. Ephraim war verzweifelt, seinen Oscar fahrlässig aufs Spiel gesetzt zu haben. Zutiefst deprimiert schlüpfte er in seinen geliehenen Frack, steckte seine Hand in die Brusttasche und – o Wunder!, der kleine, preisbewährte Knoblauch hatte sich seit dem Golden Globe dort versteckt gehalten.

Bis heute können wir uns dieses Phänomen nicht erklären. War es der außergewöhnliche Schnitt des Fracks, weshalb ihn in all den Jahren niemand ausgeliehen hatte? Oder war es vielleicht das Schicksal, das an dem Film Gefallen gefunden und Mitleid mit dem vergeßlichen Ephraim hatte? Wer weiß. Das Ergebnis war, daß Ephraim den Oscar nicht bekam.

Bei der Verleihung trat ein zauberhaftes Starlet auf die Bühne und verkündete: » … and the winner is … Vittorio de Sica.« Wir applaudierten dem wunderbaren italienischen Regisseur, der Ephraim schon mehrfach einen internationalen Preis weggeschnappt hatte, aber Ephraim nahm die Sache erstaunlich leicht. »Vielleicht hat der Gauner eine größere Knoblauchzehe«, flüsterte er mir zu und: »Auch Aberglaube ist nicht mehr das, was er einmal war.«

Wir haben deswegen aber noch lange nicht dem alten Glauben entsagt. Vor der Silvester-Premiere von »Es war die Lerche« im Zürcher Schauspielhaus hatte Ephraim mich darum gebeten, aus Israel Knoblauch mitzubringen. Ich hatte ihn vergessen, wagte jedoch nicht, es ihm zu sagen. Im Hotel angelangt, kurze Zeit vor der Premiere, bestellte ich beim Roomservice als erstes Kaffee und Kuchen mit Knoblauch. Der Kellner nahm kein Trinkgeld ...

Unser Aberglaube endet aber keineswegs beim Knoblauch. Denn sicher ist sicher, und schaden tut's bestimmt nicht, wenn man sich ein wenig auskennt.

Hat man etwa das Haus bereits verlassen, vor allem in einer Geschäftssache, darf man auf gar keinen Fall noch einmal umkehren, auch wenn man etwas vergessen hat. Ein nochmaliges Überschreiten der Schwelle in umgekehrter Richtung kommt einer Bestellung von Mißgeschicken gleich.

Oder jene altbewährte Regel die besagt, der rechte Fuß bringt Glück, der linke Unglück. Haus oder Wohnung dürfen daher nur mit dem rechten Fuß verlassen werden, aber das weiß ohnehin jedes Kind.

Und wenn gar eine schwarze Katze von links nach

rechts über die Straße gelaufen ist? Es genügt dann, ganz einfach nur zu warten, bis sich eine Katze in günstigerer Farbe blicken läßt.

In einer Stunde der Wahrheit habe ich Ephraim einmal gefragt: »Sag mal, glaubst du wirklich an diesen Unsinn?«

»Nein, bestimmt nicht«, antwortete er schmunzelnd, fügte aber nachdenklich hinzu: »Warum wurde dann alles Wichtige in meinem Leben von unerklärbaren Zufällen entschieden ...«

Aberglaube ist kein Luxus

Jetzt, da ich theoretisch bereits Großvater bin, fühle ich mich verpflichtet, meiner Umgebung ein Geheimnis zu verraten, das ich bisher hinter der Maske eines nüchternen, brillentragenden Intellektuellen versteckt habe: Ich bin einem bösen Laster verfallen. Ich wette gegen mich selbst. Und zwar wette ich, ob eine bestimmte Angelegenheit gut ausgehen wird oder nicht.

Die ersten Symptome dieser Wettleidenschaft traten bereits im Alter von neun Jahren auf. Ich benutzte auf dem Schulweg immer den Rand des Gehsteigs und wurde dadurch eines Tages zu folgender Wette angeregt: Wenn es mir glückt, bei normal großen Schritten keine der Querlinien auf den Randsteinen zu berühren, wird mir der Lehrer nicht draufkommen, daß ich die Hausaufgabe in Rechnen vergessen habe. Die Querlinien blieben unberührt, und der Lehrer war krank. So fing es an.

Mit vierzehn, also an einem Wendepunkt meiner Biographie, ging ich einmal die vier Stockwerke von unserer Wohnung zu Fuß hinunter und setzte alles auf eine Karte: Wenn die letzte Stufe des Treppenhauses auf eine ungerade Zahl fällt, dann, so wettete ich mit mir, wird das Ziel meiner Sehnsucht, das blonde Mädchen aus der gegenüberliegenden Wäscherei, sich Hals über Kopf in mich verlieben. Bis heute erinnere ich mich an diese letzte Stufe. Sie fiel auf die Zahl 112. Ich habe mich nicht in Jolánkas Nähe gewagt, und unsere Liebe endete mit dem Urteil des Treppenhauses.

Manchmal übermannte mich meine Wettleidenschaft, besonders während des Zweiten Weltkriegs. An einem regnerischen Nachmittag, am Budapester Donaukai, blies mir der Sturm den Hut vom Kopf, und während ich losrannte, wettete ich: Wenn ich den Hut erwische, bevor er ins Wasser fällt, wird Hitler den Krieg verlieren. Ich erwischte den Hut, bevor er ins Wasser fiel. Der Rest ist Geschichte. Das soll nicht heißen, daß ich das Schicksal des Dritten Reichs besiegelt habe. Immerhin …

Ich hatte gehofft, daß ich mir das Wetten mit den Jahren abgewöhnen würde, aber es wird immer schlimmer.

Auch menschliche Elemente spielen da eine Rolle. Ich mache einen Spaziergang, sehe einen anderen Spaziergänger auf mich zukommen und spüre in allen Knochen: Wenn ich den Laternenpfahl zwischen uns als erster erreiche, wird der israelische Schekel nicht abgewertet. Eine solche Wette verlangt äußerste Fairneß, denn es ist natürlich verboten, den Schritt zu beschleunigen. Man darf höchstens etwas längere Schritte machen, also den sogenannten »Flughafenschritt« anwenden, mit dem man das Flugzeug als erster erreicht, um einen Fensterplatz zu ergattern.

Ähnliches spielt sich im Auto ab. Ich meine die »bremsenlose Wette«. Sie besteht darin, daß sich der Fahrer bei Rotlicht in langsamem Tempo der Kreuzung nähert und sie in dem Augenblick erreicht, in dem das Verkehrslicht auf Grün wechselt. In diesem Fall hat er während der nächsten Jahre für seine Gesundheit nichts zu befürchten. Im übrigen ist das ein Test, der starke Nerven verlangt. Einmal – ich hatte gerade auf das Wohlergehen meiner eigenen Familie gewettet – fuhr ich direkt an die rote Ampel, die erst im allerletzten Augenblick grün wurde. Ich mußte mir noch auf der Kreuzung den Schweiß von der Stirn wischen. Aber die Zukunft meiner Kinder war gesichert.

Dann gibt es noch die »Golf-Wette«. Sie besteht, wie schon der Name sagt, darin, daß man die Anzahl der Wagen dieser Marke errät, denen man zwischen Tel Aviv und Herzlia begegnen wird. Nachdem man die Wette einige Male gewonnen hat, kann man sich allerdings nicht länger der Einsicht verschließen, daß man das Resultat vielleicht im voraus weiß. Na und? Dann ist es eben eine kontrollierte Wette.

Dann und wann kann man sich ruhig einen kleinen Schwindel erlauben. Wenn ich zum Beispiel bei Rotlicht vor einer Kreuzung anhalten muß und die Augen senke, um sie genau beim Wechsel auf Grün zu heben, so wird mir niemand ein kleines Blinzeln in Richtung Ampel verbieten. Kein vernünftiger Mensch begibt sich blindlings in Gefahr. Man lebt nur einmal.

Am letzten Montag aber geschah folgendes: Ich fuhr mit dem Aufzug zum 11. Stockwerk des Schalom-Turms und ging eine höchst riskante Wette ein. Ich drückte den Knopf, schloß meine Augen und zählte die Stockwerke, ohne auf die Leuchtziffern zu blicken. Gegenstand der Wette war nicht mehr und nicht weni-

ger als das Schicksal unseres Landes. »Wenn ich bis zum 11. Stock richtig zähle, dann werden wir endlich Frieden mit unseren arabischen Nachbarn haben.« Ich zählte mit äußerster Konzentration – und wirklich, als ich die Augen öffnete, hielt der Aufzug im 11. Stock. Es stimmte auch umgekehrt. Als der Aufzug im 11. Stock hielt, öffnete ich die Augen. Es war ein vollkommen ausgewogenes, ganz und gar überzeugendes Resultat, ein Sieg auf der ganzen Linie.

Künftige Generationen, so hoffe ich, werden zu schätzen wissen, was ich für den Frieden im Nahen Osten getan habe.

Nicht nur der menschenscheue Ephraim ist schuld daran, daß ich nicht als erstklassige Gastgeberin gelte. Inzwischen habe ich mich aber damit abgefunden, daß ich nicht imstande bin, wie ein Drei-Sterne-Koch neue Menüs zu erfinden, sie am Herd zu zelebrieren und auf den Tisch zu zaubern.

Ephraims längst bekannte satirische Meinung dazu: »Die beste Ehefrau von allen kocht gerne, aber nicht gut. Umgekehrt wäre es mir lieber.« Nein, meine Kochkünste haben sich nicht entfaltet, obwohl ich mir die raffiniertesten elektrischen Küchengeräte beschafft und mich mit einer internationalen Küchenbibliothek ausgestattet habe, die, wenn ich nicht irre, im Nahen Osten konkurrenzlos ist. Ich besitze sogar drei ungarische Kochbücher.

Das Schicksal meint es in diesem Punkt eben nicht gut mit mir, und meine Talente liegen offenbar auf anderen Gebieten.

Ephraim stört meine mangelnde Kochkunst nicht im mindesten. Er braucht weder eine raffinierte Köchin noch eine brillante Gastgeberin. Ja, er braucht nicht einmal Gäste. Für meinen geliebten Mann ist Essen, wie mehrfach erwähnt, lediglich lebenserhaltende Pflicht, und dazu bedarf es nun wirklich keiner Gäste.

Ephraim behauptet schlicht und einfach, er sei sich selbst die beste Gesellschaft. Dabei ist er beileibe kein Misanthrop. Zumindest eine bestimmte Hälfte der Menschheit übt eine gewisse Anziehungskraft auf ihn aus. Für »Small talk« jedoch habe er wirklich keine Zeit, läßt er mich gerne wissen. Klarer ausgedrückt, er langweilt sich in größerer Gesellschaft. Als diskreter Hinweis für drohende Gefahren hängt in seinem Arbeitszimmer ein kleines Schild mit großen roten Buchstaben: »Leider habe ich im Moment absolut kein Interesse an einer Lebensgeschichte!«

Da Ephraims Stimme zu leise und zu sanft ist, um sich zum Mittelpunkt hochzustilisieren, sucht er sich auf Partys gerne einen potentiellen Zuhörer aus, verzieht sich mit ihm in eine möglichst ungestörte Ecke und versinkt in eine geflüsterte Diskussionen über todernste Angelegenheiten.

Hin und wieder versuche ich dann mein Glück und

zische ihm zu: »Hol doch bitte Getränke« oder »Ephraim, es klingelt an der Haustür.« Er hört mir gar nicht zu, denn er diskutiert.

Kürzlich hatte ich ein Schlüsselerlebnis.

Ich kam gerade mit einem vollen Tablett aus der Küche ins Wohnzimmer und warf meinen üblichen Kontrollblick in Ephraims bevorzugte Flüsterecke. Sie war leer. Es herrschte absolute Stille. Der beste Ehemann von allen war nicht da.

Plötzlich sah ich die Gestalt meines Auserwählten, bekleidet mit einem hocheleganten knallbunten Schlafanzug, auf Zehenspitzen die Treppe, Richtung Arbeitszimmer, hinaufschleichen. Er verschwand hinter seiner gepolsterten Tür, hinein in die ersehnte Stille.

Die Gäste waren glücklicherweise mitten in einer lebhaften Debatte über die Bedeutung der Prostitution für kommende Generationen und hatten seine Abwesenheit nicht einmal bemerkt. Außerdem sind sie daran gewöhnt. Ich hingegen habe nach diesem Abend festgestellt, daß wir wohl bessere Gäste als Gastgeber sind.

Aber auch das funktioniert nicht wie erhofft. Wenn sich Ephraim meinem massiven Druck beugt und meine Sehnsucht nach einem netten Abend mit Freunden erfüllt, so verstummen schon kurz nach seinem Eintreffen auf der Party die angeregten Gespräche und lebhaften Plaudereien. Bald ist man bei todernsten Diskussionen angelangt oder debattiert über die Wirtschaftslage. Sein Flüstern steckt die Anwesenden an, die gute Stimmung ist beim Teufel, die heitere Musik bricht ab, und alle gehen zu früher Stunde bedrückt nach Hause und wissen nicht einmal warum.

Ich weiß es. Ich habe einen Humoristen geheiratet.

Liebe deine Nachbarn und dich selbst

Im Grunde habe ich nichts gegen die beiden. Er ist ein netter, schweigsamer Mann und sie eine charmante, fettgepolsterte Frau. Beide sind ordentliche Bürger, die ebenso ordentlich arbeiten und falsche Steuererklärungen abgeben wie alle anderen auch. Wenn sie uns besuchen, bieten wir ihnen Tee oder Kaffee an, bringen die Weltlage in Ordnung und sitzen plaudernd und gähnend bis zwei Uhr früh zusammen. Nachher habe ich immer das Gefühl, kostbare Zeit verschwendet zu haben.

An diesen ziemlich trostlosen Zustand hätten wir uns längst gewöhnt, gäbe es nicht folgende Situation. Ich sitze mit der besten Ehefrau von allen beim Abendessen. Plötzlich treffen sich unsere Blicke und wir rufen gleichzeitig:

»Die Spiegels!«

Und in der Tat. Sie kommen. Sie kommen uneingeladen, denn wir laden sie niemals ein, und daß wir niemals uneingeladen zu ihnen kommen, scheinen sie nicht zu merken.

Sie besuchen uns ganz formlos, wie man eben gute Freunde besucht, und bleiben bei den guten Freunden bis zwei Uhr früh sitzen. Kaffee oder Tee trinkend, plaudernd oder gähnend.

Eine Zeitlang glaubten wir, daß der Zeitpunkt ihrer Besuche etwas mit dem Stand des Mondes zu tun hätte, aber das bestätigte sich nur selten. Unser Instinkt war wesentlich sicherer.

Zum Beispiel tritt meine Frau ans Fenster und schnuppert hinaus:

»Es wird schwül. Das ist ein gutes Wetter für die Spiegels.«

Oder mir fällt beim Frühstück ein:

»Der Wasserhahn im Badezimmer hat die ganze Nacht getropft. Die Spiegels kommen.«

Es gibt auch noch andere Vorzeichen, auf die man sich verlassen kann. Eines Abends spürte ich plötzlich ein heftiges Stechen im linken Knie, Grund genug, sofort das Haus zu verlassen und ins Kino zu gehen. Dort trafen wir die Spiegels.

Ein anderes Mal begannen unten im Garten fliegende Ameisen zu schwärmen. Ich wurde blaß, stopfte mir Watte in die Nasenlöcher und rief bei den Spiegels an: »Ich wollte Sie nur für alle Fälle verständigen, haptschi, daß wir beide, meine Frau und ich, kuz-kuz, an einer schweren Grippe leiden. Mit Schnupfen und Husten. Haptschi, kuz-kuz.«

»Das trifft sich gut«, kam heiser und nasal Frau Spiegels Stimme aus dem Apparat. »Uns geht es genauso, kuz-kuz, und wir wollten deshalb unseren Besuch bei Ihnen verschieben, haptschi. Aber wenn Sie ohnehin angesteckt sind, kommen wir auf einen Sprung vorbei. Kuz-kuz, haptschi.«

Da man gegen die Spiegels mit so primitiven Mitteln nichts ausrichtet, haben wir uns eine raffiniertere Methode ausgedacht. Wir stehen abwechselnd am Fenster Wache. Wer die Spiegels kommen sieht, stößt einen Pfiff aus, und auf dieses Signal hin wird das Licht im ganzen Haus abgedreht und die Atmung eingestellt.

Neulich am Abend, als ich Spiegelwache stand, setzten wir

unseren Plan erstmals in die Tat um. Die Spiegels näherten sich, ich pfiff, alle Lichter erloschen, wir erstarrten in Schweigen.

Jetzt waren die Spiegels an unserer Wohnungstür angekommen. Jetzt betätigten sie die Klingel. Wir drückten uns flach an die Wand in atemloser Starre. Die Spiegels klingelten, machten eine Pause, klingelten, pausierten, klingelten, warteten. Dann gab Frau Spiegel einen lauten Seufzer der Erleichterung von sich und sagte:

»Gott sei Dank, sie sind nicht zu Hause!«

Die Diskussion um die Öffnungszeiten ist nicht erst seit heute virulent. Für den Bürger Kishon zum Beispiel bedeutet sie schon lange den persönlichen Kampf um die Wahrung der menschlichen Grundrechte. Fast im Geiste Kafkas.

Und das kam so.

Seit Jahren ist der Bürger Kishon Stammgast im städtischen Schwimmbad, vor allem aus medizinischen, aber auch aus statistischen Gründen. Schließlich garantieren einschlägige Institute dem Dauerschwimmer ein langes

Leben. Seine Gesundheit pflegt Ephraim aber nicht morgens, mittags oder nachmittags, sondern genau in den letzten 10 Minuten, in denen der Bademeister emsig Vorbereitungen für seinen Feierabend trifft. Tag für Tag besteht der Bürger Kishon auf seinem verbrieften Recht auf volle Nutzung dieser kostbaren 10 Minuten, auch wenn der Bademeister noch so drohend auf seine Uhr starrt. Für ihn ist der Bürger Kishon zum roten Tuch geworden, zum Freizeitterroristen, zum Störgeist seines Familienlebens.

Tag für Tag erscheint vor des armen Mannes geistigem Auge das köstlich duftende warme Abendessen, das mit jeder Kishonschen Runde im menschenleeren Bad um ein paar Grad kälter wird. Abend für Abend spielt sich dieser stumme Kampf für die Menschenrechte vor den Augen des frustriertesten aller Bademeister ab.

In Wahrheit hat das weder mit Gesundheit noch mit Sport noch mit dem Bademeister zu tun. Nein, das gleiche passiert an allen Orten der Welt, an denen Ephraim auftaucht. Es handelt sich hier um eine Frage der Ideologie. Für Ephraims konservative Einstellung ist es nicht genug, daß der Kunde theoretisch recht hat. Nein, dies muß auch praktisch stets aufs neue dokumentiert und die amtlichen Öffnungszeiten streng eingehalten werden.

Auch in allen anderen Lebensbereichen ist Ephraims Zeitgefühl eher flexibel zu nennen, um es höflich auszudrücken. Er unterwirft sich nur sehr ungern der Tyrannei der Uhr, sondern paßt sie seinen persönlichen Zielen oder seiner jeweiligen Beschäftigung an. Er hat eben seine eigene Pünktlichkeit.

Zu einer Verabredung im Restaurant kommt er zum Beispiel prinzipiell später, denn Essen ist für ihn nicht wichtig, und die Suppe ist ohnedies wieder zu heiß.

Ins Kino hingegen kommt er gerne sehr früh, nur um die »Marlboro«-Werbung und andere farbschöne Trailer für die glücklich machenden Glimmstengel nicht zu verpassen. Ephraim meint, dieses Erlebnis sei einzigartig, da Zigarettenreklame im Fernsehen verboten und daher nur im Kino zu sehen ist.

Dann passiert es auch schon mal, daß ein gutgelaunter Ephi sich nach den rauchenden Pferden zufrieden von seinem Platz erhebt und seine Umgebung mit der Bemerkung erheitert, den Rest könne er sich auch zu Hause im Fernsehen ansehen.

Bei Partys hängt seine Pünktlichkeit von seiner Stimmung und der Zahl der hübschen Mädchen ab. Als ich mich danach erkundigte, was er denn davon habe, den Partyschönheiten hinterherzuhimmeln, erklärte er: »Ich bin verheiratet, aber nicht blind.«

Zu Familientreffen kommt Vater Ephraim genau zur gleichen Zeit wie seine Kinder, die regelmäßig verspätet sind.

Das zentrale Problem ist jedoch nicht der Zeitpunkt des Kommens, sondern der des Gehens.

Wem die Stunde schlägt

Das Theater hatte um acht Uhr abends begonnen. Kurz vor elf war es zu Ende. Wir hatten noch keine Lust, schlafen zu gehen. Unschlüssig schlenderten wir die hell erleuchtete Straße hinunter.

»Laß uns noch eine Tasse Tee trinken«, sagte die beste Ehefrau von allen. »Irgendwo.«

Wir betraten das nächste Café-Restaurant, ein kleines, intimes Lokal mit diskreter Neonbeleuchtung, einer blitzblanken Espressomaschine und zwei Kellnern, die sich gerade umkleideten. Außer uns war nur noch ein glatzköpfiger Mann vorhanden, der mit einem schmutzigen Fetzen die Theke abwischte. Bei unserem Eintritt sah er auf seine Uhr und brummte etwas Unverständliches zu einem der beiden Kellner, der daraufhin seine Jacke wieder auszog und in ein Jackett von unbestimmter Farbe schlüpfte, irgendwann einmal muß es weiß gewesen sein.

Die Luft war mit Sozialproblemen geladen. Aber wir taten, als wäre es eine ganz normale Luft und ließen uns an einem der Tische nieder.

»Tee«, bestellte ich unbefangen. »Zwei Tassen Tee.«

Der Kellner zögerte, dann öffnete er die Tür zur Küche und fragte mit demonstrativ angewiderter Stimme: »Ist das Wasser noch heiß?«

Unterdessen schob draußen auf der Terrasse der andere Kellner die Tische zusammen, mit harten, präzisen Rucken, deren Stakkato den unerbittlichen Ablauf der Zeit zu skandieren schien.

Der Tee schwappte ein wenig über, als der erste Kellner die beiden Tassen vor uns hinknallte. Wir versuchten, die farblose Flüssigkeit durch emsiges Umrühren ein wenig zu wärmen.

»'tschuldigung!«

Es war der Glatzkopf. Er hob das Tablett mit unseren beiden Tassen und nahm das fleckige Tischtuch an sich. Auch der Tisch als solcher war nicht so übel.

Der erste Kellner hatte den unterbrochenen Kostümwechsel wiederaufgenommen und stand jetzt in einem blauen Regenmantel in der Tür. Er machte den Eindruck, als wartete er auf etwas. Der zweite Kellner war mit dem Zusammenfalten der Flecktücher fertig und drehte die Neonlichter ab.

»Vielleicht«, flüsterte ich meiner Ehefrau zu, »vielleicht möchten sie, daß wir gehen? Wäre das möglich?«

»Es wäre möglich«, flüsterte sie zurück. »Aber wir müssen es ja nicht bemerken.«

Wir flüsterten im Halbdunkel weiter und gaben vor, nichts zu bemerken. Das Tablett mit der Rechnung, das mir der Regenmantelkellner kurz darauf unter die Nase hielt, schob ich beiseite. Der Glatzkopf nahm das schicke Hütchen meiner Ehefrau vom Haken und legte es mitten auf den Tisch. Sie lächelte ihn freundlich an:

»Vielen Dank. Haben Sie Kuchen?«

Der Glatzkopf erstarrte mit offenem Mund und drehte sich zum zweiten Kellner um, der vor dem großen Wandspiegel seine Haare kämmte. Es herrschte Stille. Dann verschwand der erste Kellner, der mit dem blauen Regenmantel, im Hintergrund, tauchte wieder auf und warf uns einen käsigen Klumpen hin, der beim Aufprall sofort zerbröckelte. Eine Gabel folgte klirrend. Meine Gattin konnte das Zittern ihrer Hände nicht mehr kontrollieren und ließ die Gabel fallen. Da sie nicht mehr den Mut hatte, eine neue zu verlangen, tat ich es an ihrer Stelle. Wenn Blicke töten könnten, wäre jede ärztliche Hilfe zu spät gekommen.

Die Neonlichter wurden einige Male in rascher Folge an- und abgeschaltet. Das gab einen hübschen Flackereffekt, der uns aber nicht weiter beeindruckte. Auch die Tatsache, daß der Glatzkopf sich gerade jetzt vergewissern mußte, ob der Rollbalken vor der Eingangstür richtig funktionierte, ließ uns kalt.

Aus der Küche kam eine alte, bucklige Hexe mit Kübel und Besen hervorgeschlurft und begann den Boden zu wischen. Warum sie damit bei unserem Tisch begann, weiß ich nicht. Jedenfalls hoben wir, um ihr keine Schwierigkeiten zu machen, die Füße und hielten sie so lange in der Luft, bis die Hexe weiterschlurfte.

Der gekämmte Kellner hatte um diese Zeit fast alle Stühle auf die dazugehörigen Tische gestellt. Eigentlich fehlten nur noch die unseren.

»Warum sagen sie uns nicht, daß wir gehen sollen?« fragte ich meine Frau, die in solchen Fällen meistens die richtige Antwort weiß.

»Weil sie uns nicht in Verlegenheit bringen wollen.«

Im Orient wird das Gastrecht heiliggehalten, auch heute noch. Mit Traditionen bricht man nicht so leicht.

Der erste Kellner stand bereits draußen auf der Straße, von wo er uns aufmunternde Blicke zuwarf. Der zweite half dem Glatzkopf soeben in den Mantel. Der Glatzkopf öffnete einen kleinen schwarzen Kasten an der Wand und tauchte mit zwei knappen Handgriffen das Lokal in völliges Dunkel. Im nächsten Augenblick spürte ich die Sitzfläche eines Stuhls auf mei-

nem Rücken. »Könnte ich ein paar Zeitschriften haben?« hörte ich meine Frau sagen. Ich tastete durch die Dunkelheit nach ihrer Hand und drückte sie anerkennend.

Ein Zündholz flammte auf. In seinem schwachen Schein kam der Glatzkopf auf uns zu:

»Sperrstunde. Wir schließen um Mitternacht.«

»Na gut, aber warum haben Sie das nicht gleich gesagt?« fragte ich. »Woher sollen wir das wissen?«

Wir ließen die Stühle von unseren Rücken gleiten, standen auf und rutschten über den nassen Fußboden hinaus. Nachdem wir ein wenig ins helle Straßenlicht geblinzelt hatten, sahen wir nach der Uhr. Es war genau neun Minuten vor zwölf.

Linda die Erste wurde direkt vor dem Haus in Afeka überfahren. Unser einziger Trost war, daß der geliebten Hündin, die bereits das biblische Alter von 12 Jahren erreicht hatte, dieser schnelle Tod zu wünschen war. Das versuchten wir uns jedenfalls einzureden, wenn auch mit wenig Erfolg. Kurz und gut, wir weinten bitterlich.

Als es passierte, war ich gerade in der Schweiz. Am Tag vor meiner Heimreise, mitten im Kofferpacken, erhielt ich die Hiobsbotschaft. Meine Tochter Nana war bei mir, und gebrochenen Herzens beschlossen wir, nicht ohne ein ebenso unerzogenes, noch nicht ganz stubenreines, bezauberndes Lebewesen wie die unvergeßliche Linda die Erste nach Israel heimzukehren. Die Logistik stellte uns allerdings vor fast unlösbare Probleme. In der Schweiz sind Hunde nämlich ausschließlich bei staatlich zugelassenen Hundezüchtern zu erwerben. Und so begann unser Wettlauf mit der Zeit, denn schon für den nächsten Tag waren unsere Flüge gebucht.

»Ohne Linda die Zweite fahre ich unter keinen Umständen«, versicherte mir meine Tochter unter erneuten Tränenströmen. Wir riefen Ephraim an, dessen Stimme sich nicht weniger feucht anhörte: »Laßt das Jammern«, raunzte mich mein Mann an. »Sucht lieber Lindas Zwillingsschwester. Ich zähle auf euch.«

In Windeseile besorgten wir uns den Hauptkatalog der Schweizer Hundezüchter, eine Art Hunde-Playboy, mit Abbildungen der Hunde, die zum Kauf angeboten werden. Wir suchten den Hund aus, der unserer Linda am ähnlichsten sah. Das war nicht ganz einfach, da Linda nicht ganz reinrassig von Geburt gewesen war. Mitten in der Nacht klingelten wir die angegebene Hundezüchterin, die drei Stunden Autofahrt von Zürich entfernt wohnte, aus dem Schlaf.

Im Mondlicht sahen wir uns einige überaus niedliche Hundebabys an und verliebten uns in eines, das besonders frech unter seinem Pony hervorschielte. Es war zwar ein Zwillingsbruder und keine Schwester, aber damit hofften wir, den »läufigen« Problemen aus dem Weg zu gehen. Stolze 1500 Franken wechselten dafür in dieser schicksalhaften Nacht den Besitzer, während die Züchterin nicht müde wurde, »Maximilians« Vorzüge als Nachkomme einer langen Ahnenreihe reinrassiger Malteser zu preisen.

Am frühen Morgen erledigten wir dann noch den Papierkram, der für den Import eines Lebewesens nach Israel erforderlich ist, und sanken dann erschöpft in unsere Flugzeugsitze, gewärmt von einem unter der Decke versteckten weißen Hundebaby, das die ganze Zeit wie ein Engel auf unserem Schoß schlief.

Nach einigen Wochen nervenaufreibender Säuberungsaktionen rund um die Futterentsorgung unseres kleinen Max besuchten uns Freunde. Zufällig kamen wir auf Rassehunde zu sprechen. Einer unserer Freunde erwähnte, daß gerade die reinrassigen Züchterhunde nicht selten an dem »Einei-Komplex« leiden und daher keine Jungen zeugen können. Wir rannten erschrocken nach Hause und zählten Maxis Eier. Wir stellten wieder einmal fest, was für ein herrliches Gottesgeschöpf er ist, leider aber auch, daß seine Eier tatsächlich nicht paarweise auftraten.

Ich fühlte mich zwar betrogen, war aber bereit, mich mit den Dingen, wie sie nun einmal waren, abzufinden. Ephraim hingegen bestand empört auf dem zweiten Ei.

»Es geht mir nicht um Maxis Junge«, erklärte er. »Ich kämpfe um Verbraucherrechte.«

Auch mein Hinweis, ein Streit mit der Hundezüchterin würde Maxis Ei doch nicht verdoppeln, beruhigte ihn nicht. Wenn Ephraim etwas nicht leiden kann, dann ist es, betrogen zu werden, egal, ob um ein paar Pfennige oder um ein Ei.

So unterrichtete ich also bei meinem nächsten Aufenthalt in der Schweiz den dortigen Hundezüchterverband über den Ei-Skandal, obwohl uns ja nichts ferner lag, als Max wieder herzugeben, war er inzwischen doch Vollmitglied der Kishon-Familie geworden.

Die Antwort des Verbandes aber kam prompt und zuverlässig, wir wären zweifellos im Recht und bekämen die Hälfte des Geldes zurückerstattet. Kurz nach meinem Anruf waren die 750 Franken dann auch schon auf unserem Konto.

»Die Gerechtigkeit hat gesiegt«, verkündete mein Ritter ohne Furcht und Tadel zufrieden. »Jetzt müssen wir uns nur noch um eine passende Gefährtin für den eineiigen Max kümmern, damit er keine Minderwertigkeitskomplexe bekommt.«

Gesagt, getan. Wir bestellten bei der Züchterin »eine Braut für Maxi«, und einige Wochen später traf per Sondersendung eine süße, kleine Malteserin ein, mit einer besonders schwarzen Knopfnase und langen Fransen über den Kulleraugen. Max nahm sofort Kontakt mit Linda der Zweiten auf, aber aufgrund der bekannten delikaten Umstände blieb der Flirt ohne Folgen. Und so sind sie nur Freunde geblieben. Eines hat diese Paarung jedoch hervorgebracht: die Geschichte Ephraims über unsere wunderschöne Linda die Zweite, der die zahllosen Hunde der Nachbarschaft auf allen vieren nachlaufen.

Sex-Appeal auf vier Pfoten

An jenem Tag begann Linda die Zweite plötzlich Interesse an Hunden zu zeigen, sprang am Fenster hoch, wenn draußen einer vorbeiging, wedelte hingebungsvoll mit dem Schwanz, ja manchmal ließ sie sogar ein zweideutiges Bellen hören. Und siehe da: Draußen vor dem Fenster versammelten sich nach und nach sämtliche männlichen Hunde der Umgebung, wedelnd, winselnd, schnuppernd, als suchten sie etwas. Zulu, der riesige deutsche Schäferhund, der am andern Ende der Straße lebte, drang eines Tages über die rückseitig gelegene Terrasse sogar in unser Haus ein und mußte mit Gewalt entfernt werden.

Wir erkundigten uns bei Dragomir, dem international bekannten Hundetrainer aus Kroatien. Er klärte uns auf: »Warum Sie aufgeregt, weshalb? Hündin läufig.«

»Hündin was?« fragte ahnungslos die beste Ehefrau von allen, die sich in der einschlägigen Terminologie nicht auskennt. »Wohin will sie laufen?«

Dragomir nahm seine Zuflucht zur Kinder- und Gebärdensprache:

»Kutschi-mutschi. Weibi braucht Manndi. Kopulazija hopp-hopp.«

Nun wußten wir Bescheid. Auch unseren Kindern war mittlerweile etwas aufgefallen.

»Papi«, fragte mein Sohn Amir, »warum will Linda zu den anderen Hunden hinaus?«

»Sohn«, antwortete Papi, »sie will mit ihnen spielen.«

»Wirklich? Und ich dachte schon, sie wollen Geschlechtsverkehr haben.«

Ich gebe Amirs Äußerung in umschriebener Form wieder. Tatsächlich gebrauchte er ein wesentlich kürzeres Wort, das man in einer kultivierten Familiengeschichte nach Möglichkeit vermeiden sollte.

Wir befürchteten bei Max, dem Eineiigen, heftige Eifersuchtsanfälle, aber der Aristokrat legte völlige Gleichgültigkeit an den Tag. Er zog sich vornehm zurück und mischte sich in dieser delikaten Angelegenheit nicht ein.

Inzwischen war die Zahl der Linda-Verehrer vor unserem Haus dermaßen angewachsen, daß wir uns nur noch mit gezücktem Besen den Weg auf die Straße bahnen konnten. Wir bekämpften die liebestrunkenen Horden unter Lindas Fenster mit Wasserkübeln, wir traten sie mit Füßen, wir zogen quer durch unseren Garten einen rostigen Drahtverhau, der von den leidenschaftlich Liebenden in Minutenschnelle durchbissen wurde, und einmal warf ich sogar einen Pflasterstein nach Zulu. Er warf ihn sofort zurück.

Währenddessen stand Linda am Fenster und barst vor Erotik.

»Papi«, sagte mein Sohn Amir, »warum läßt du sie nicht hinaus?«

»Das hat noch Zeit.«

»Aber du siehst doch, daß sie hinaus will. Sie möchte endlich einmal …«

Wieder kam jener abscheuliche Ausdruck. Aber ich ließ mich nicht umstimmen:

»Nein. Erst wenn sie verheiratet ist. In meinem Haus wird auf gute Sitten geachtet.«

Mutter Natur scheint jedoch ihre eigenen Gesetze zu haben. Die Hunde draußen jaulten im Chor und begannen miteinander um die noch nicht vorhandene Beute zu raufen. Linda stand am Fenster und winkte. Sie aß nicht mehr und trank nicht mehr und schlief nicht mehr. Schlief sie doch, dann war ihr Schlaf voll von erotischen Träumen. Und in wachem Zustand ließ sie erst keinen Zweifel daran, worauf sie hinauswollte.

»Hure!« zischte die beste Ehefrau von allen und wandte sich ab.

Damit tat sie ihr natürlich unrecht. Wer weiß, was da an weiblichen Urinstinkten mit hineinspielte. Linda war eben zu schön. Kein richtiger männlicher Hund konnte ihrer erotischen Ausstrahlung, dem Blitzen ihrer Augen und der Anmut ihrer Bewegungen widerstehen. Und erst das silbergraue, langhaarige Fell! Sollte es daran liegen? Wir beschlossen, Linda scheren zu lassen, um sie vor den Folgen ihres Sex-Appeals zu retten, und riefen eine bewährte Hundeschuranstalt zu Hilfe. Am nächsten Tag kämpften sich zwei Experten durch die Hundehorden, die unseren Garten besetzt hielten und nahmen Linda mit. Linda wehrte sich wie eine Minilöwin, ihre Verehrer bellten und tobten und rannten noch kilometerweit hinter dem Wagen her.

Wir saßen zu Hause, von Gewissensbissen gepeinigt.

»Was hätte ich tun sollen?« seufzte ich. »Sie ist ja noch viel zu jung für solche Sachen …«

Auch Max zeigte diesmal Nervosität und, wie sich zeigte, zu Recht. Linda kam nämlich nicht mehr zurück. Was uns am nächsten Tag zurückgebracht wurde, war eine mißgestaltete, rosafarbene Maus. Ich hätte nie gedacht, daß Linda innen so klein wäre. Und Linda schien die schmähliche Verwandlung, der man sie unterzogen hatte, selbst zu bemerken. Sie sprach kein Wort mit uns, sie wedelte nicht, sie starrte reglos zum Fenster hinaus. Und was geschah?

Unser Garten konnte die Menge der Hunde, die herangestürmt kamen, nicht mehr fassen. Sie rissen das Gitter nieder, rasten umher und sprangen mit speichelnden Lefzen an der Mauer des Hauses empor, um in Lindas Nähe zu gelangen. Waren es zuvor nur die Hunde unseres Wohnviertels gewesen, so kamen jetzt alle Hunde der Stadt, des Landes, des Vorderen Orients. Sogar zwei Eskimohunde waren darunter, sie mußten sich offensichtlich von ihrem Schlitten losgerissen haben.

Kein Zweifel: In ihrem jetzigen Zustand war Linda so sexy wie nie zuvor. Denn sie war nackt. Sie lag im Fenster und bot sich nackt den Blicken ihrer gierigen Verehrer dar. Aus unserem Haus war ein Eros-Center geworden.

Als einer der wildesten Freier, eine wahre Straßenraupe von einem Vieh, mit einem Hieb seiner mächtigen Tatze unsere Türklinke herausriß, riefen wir die Polizei, ehe die anderen Hunde die Telefonleitung durchbeißen konnten. Bei der Polizei war besetzt. Und wir besaßen keine Raketen, um Notsignale zu geben.

Immer enger schloß sich der Ring der Belagerer um unser Haus. Rafi, mein ältester Sohn, schlug vor, die Gartensträucher anzuzünden und unter Feuerschutz den Rückzug ins nahe Postamt anzutreten, wo wir vielleicht Verbindung zur Polizei bekämen. Aber dazu hätten wir ja das Haus verlassen müssen, und das wagten wir nicht mehr.

Plötzlich stand Zulu, der den Weg über das Dach genommen haben mußte, mitten in der Küche und verwickelte mich in einen brutalen Zweikampf. Aus seinen Augen blitzte der wilde

Entschluß, zuerst Linda zu vergewaltigen und hernach mit mir abzurechnen. Linda lief schweifwedelnd um uns herum und bellte für Zulu. Die Mitglieder unserer kleinen Familie suchten Deckung hinter den umgestürzten Möbeln. Von draußen rückten die Hunde näher und näher.

»Mach Schluß«, kam keuchend die Stimme meiner totenbleichen Ehefrau. »Gib ihnen Linda.«

»Niemals«, keuchte ich zurück. »Ich lasse mich nicht erpressen.«

Und dann – noch jetzt, wenn ich's niederschreibe, zittert meine Hand –, gerade als wir unsere letzte Munition verschossen hatten und das Ende unabwendbar herandrohte, hörte das Bellen mit einemmal auf, und die Hundehorden verschwanden.

Vorsichtig steckte ich den Kopf zur Tür hinaus und legte die Hand ans Ohr, um das schmetternde Trompetensignal der herangaloppierenden Kavallerie zu vernehmen, die bekanntlich immer zehn Minuten vor Filmende eintrifft, um die Siedler vor dem Skalpiermesser zu retten …

Aber ich konnte keine Spur einer organisierten Rettungsaktion entdecken. Allem Anschein nach handelte es sich um ein ganz gewöhnliches Wunder.

Am nächsten Tag erklärte uns Dragomir, was geschehen war:

»Gestern 11 Uhr 30 aufhören Läuferei von Hündinnen in ganzer Stadt. Jetzt wieder gut alles.«

Seither herrscht in unserem Alltag ganz normale Eintönigkeit. Aus Linda, der rosafarbenen Maus, ist wieder eine Hündin mit silbergrauem Fell geworden, die sich nur für ihren Lebensgefährten interessiert. Für die Hunde der Nachbarschaft hat sie kein Auge mehr und vice versa. Als Zulu an unserem

Haus vorüberkam, drehte er sich nicht einmal mehr um. Nur Max kann manchmal ein höhnisches Grinsen nicht unterdrücken.

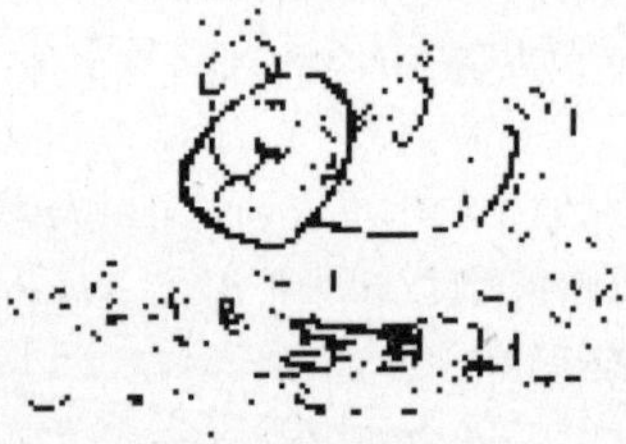

Humor ist ein Spiegel der Realität, ändern kann er sie jedoch nicht«, sagt Rabbi Ephraim. Es gibt jedoch auch Ausnahmen. Seine berühmte Geschichte über die Straße mit dem katastrophalen Namen »Helsingfors«, den sich nicht jeder merken konnte, hat den Bürgermeister von Tel Aviv dazu veranlaßt, sie in »Helsinkistraße« umzubenennen.

Die Geschichte hat sich wirklich genauso abgespielt.

Meine verstorbenen Eltern waren richtige »Eingeborene«. Meine Mutter war eine echte »Sabre«, ihre Familie lebte seit sechs Generationen in Israel, und mein Vater kam als kleiner Junge direkt aus Sibirien nach Israel und hat es sich bis zu seinem Lebensende nicht abgewöhnen können, seinen Tee nur kochendheiß zu trinken.

Als ich ihnen von meiner Heirat mit Ephraim erzählte, waren sie überglücklich. In jenen Tagen war eine Frau mit 28 Jahren eigentlich schon eine alte Jungfer. Alle meine

Freundinnen waren längst verheiratet und hatten Familie, als ich nach fünf Jahren Musikstudium mit immerhin drei Diplomen und einem Kühlschrank, aber ohne jede Aussicht auf einen Ehemann, aus Amerika zurückkehrte. Der Kühlschrank stand in meinem Zimmer im Haus meiner Eltern, als stummer Hinweis auf eine eventuelle Mitgift, aber auch das änderte recht wenig an meinem Singlestatus.

Da kam Ritter Ephraim auf seinem weißen Motorrad, das damals gerade sein Gadget war, angebraust. Mit großer Freude nahmen meine Eltern den jungen Journalisten auf und überschütteten uns mit Geschenken. Meine Mutter war es, die unsere Wohnung in der Helsingforsstraße, in einem neuen Wohnviertel im Norden Tel Avivs, ausfindig machte. Die Gegend war ganz annehmbar, gleich am Rande der Wüste, und die Wohnung hatte immerhin drei Zimmer, was unvorstellbaren Luxus in der Pionierzeit, damals vor über vierzig Jahren, bedeutete.

Wir ließen uns also in der Helsingforsstraße nieder, und eines der Zimmer wurde Ephraims Arbeitszimmer. Das zweite ebenfalls. Im Schlafzimmer war viel zu wenig Platz, um Kinder großzuziehen. Aber unser »Gentleman-Agreement« besagte ja, daß unsere Heirat erst nach einigen erfolgreichen Jahren »wirklich gültig« würde. So dachten wir also noch nicht an eine Pflege des Stammbaums.

Auf einem kleinen Balkon neben dem Schlafzimmer aber setzten wir inzwischen das biblische Gesetz »Seid fruchtbar und mehret euch« in die Tat um und viele kleine Fische in großen Aquarien in die Welt.

Dieses Hobby war auch die Quelle einiger lustiger Geschichten für Ephraim, wie zum Beispiel jener über die gescheiterte Zucht von »Pyjama-Fischen«.

Nach vier Jahren wurde dann Amir geboren, »unser gemeinsamer Sohn«, wie Ephraim ihn bezeichnet. Nun hieß es: Kind oder Fische. Wir entschieden uns für Amir, und der nahm den Balkon in Beschlag.

Jetzt war alles in Ordnung. Bis auf den Namen Helsingfors. Nicht nur, daß er schwer zu behalten war. Nein, der musikalische Name der alten finnischen Hauptstadt, in der leichtsinnigerweise vor 100 Jahren irgendein zionistischer Kongreß stattgefunden hatte, kostete uns einen Haufen Geld. Es dauerte nämlich jedesmal eine geraume Weile, bis wir »Helsingfors« am Telefon buchstabiert hatten …

Zum Glück schrieb Ephraim dann seine Geschichte, und der Bürgermeister der Stadt Tel Aviv bewies ungewöhnlichen Sinn für Humor. Auch das gibt es.

Reminiszenz an ein gutes Gedächtnis

Es wäre alles nicht passiert, wenn Sulzbaum sich nicht eingebildet hätte, ich sei der richtige Mann für diesen Posten. Als ich ihn an jenem schicksalhaften Abend anrief, bat er mich zum Abschluß unserer Verhandlungen zu sich. Höchst erfreut fragte ich ihn nach seiner Adresse. »Helsingforsstraße 5«, sagte er.

»Fein«, sagte ich. »In ein paar Minuten bin ich bei Ihnen.«

»Ausgezeichnet«, sagte er.

Ich machte mich auf den Weg. Aber schon nach wenigen Schritten stoppte ich: Ich hatte den Straßennamen vergessen. Glatt vergessen. Ich konnte mich nur noch erinnern, daß der erste Buchstabe ein T war. In der nächsten Telefonzelle suchte ich Sulzbaums Adresse heraus.

Es war kein Sulzbaum im Telefonbuch. Um ganz sicher zu gehen, sah ich noch unter Z nach. Es war auch kein Zulzbaum im Telefonbuch. Ein Glück, daß ich mir seine Nummer aufgeschrieben hatte. Ich rief ihn an.

»Mir ist etwas Komisches passiert«, sagte ich. »Ich habe den Namen Ihrer Straße vergessen.«

»Helsingfors«, sagte Sulzbaum. »Helsingforsstraße 5.«

»Danke vielmals.«

Vorsichtig geworden, wiederholte ich nun unablässig »Helsingfors … Helsingfors …«, bis ich endlich, hoch oben im Norden der Stadt, einen Passanten nach der Straße fragen konnte:

»Entschuldigen Sie bitte, wo ist hier die …«

»Leider«, unterbrach der mich. »Ich bin selber fremd hier. Ich suche die Uziel Straße.«

»Uziel Straße … Zufällig weiß ich, wo die ist. Geradeaus, und dann die zweite rechts.«

»Vielen Dank. Ich bin Ihnen sehr verbunden. Übrigens, wie heißt die Straße, die Sie suchen?«

»Ich? Ich suche … nein, so was! …«

Tatsächlich über diesen verdammten Uziel hatte ich meinen eigenen Straßennamen vergessen. Ich erinnerte mich nur noch, daß die Straße mit einem K anfing. Die Nummer war 9 oder 19, das wußte ich nicht mehr so genau.

Wenn ich nochmals bei Sulzbaum anriefe, hielte er mich viel-

leicht für einen jener gedächtnisschwachen Menschen, die imstande sind, Straßennamen zu vergessen, auch wenn man sie ihnen zweimal sagt. Ich zermarterte die Reste meines Gehirns nach dem Namen. Nichts. Rein gar nichts.

Ich setzte mich also in ein Kaffeehaus, entspannte mich und wartete auf die Erleuchtung. Sie kam nicht. Der einzige Straßenname, der mir einfiel, war Schmarjahu Levin (an den ich mich bis dahin niemals hatte erinnern können, weiß der Teufel warum). Nun wußte ich aber, daß der Name, den ich suchte, nicht Schmarjahu Levin war. Es war ein ausländischer Name, das schon, und er begann mit einem B. Aber weiter kam ich nicht.

Also rief ich doch wieder bei Sulzbaum an.

»Hallo«, sagte ich. »Ich bin bereits unterwegs. Könnten Sie mir sagen, wie ich am schnellsten zu Ihrem Haus komme?«

»Wo sind Sie jetzt?«

»Ben-Jehuda-Straße.«

»Da sind Sie schon ganz in der Nähe. Lassen Sie sich's von irgendeinem Passanten zeigen.«

»Mach ich. Und wie buchstabiert man den Straßennamen?«

»So wie man ihn ausspricht. Warum?«

»Ich habe den Eindruck, daß die Leute hier den Namen nicht recht kennen. Es scheint eine neue Straße zu sein.«

»Gar so neu ist sie nicht.«

»Trotzdem. Ein so langer Straßenname …«

»Wieso? Da gibt es noch viel längere. Die Hohepriester-Matitjahu-Straße zum Beispiel. Oder die Straße der Tore von Nikanor. Oder die Akiba-Kolnomicerko-Straße.«

»Gewiß, gewiß. Aber bei Ihrer Straße verstaucht man sich die Zunge.«

»Kann ich nicht finden. Man gewöhnt sich. Und überhaupt,

warum machen Sie sich plötzlich so viel Sorgen über einen Straßennamen? Ich warte auf Sie. Kommen Sie oder nicht?«

»Natürlich. In fünf Minuten.«

»Gut.«

Sulzbaum legte den Hörer auf, und ich stand in der Zelle. Es waren vielleicht die schwierigsten Augenblicke, seit ich geheiratet hatte. Die Namen »Hohepriester Matitjahu«, »Tore von Nikanor« und »Akiba Kolnomicerko« hatten sich unauslöschlich in mein Gedächtnis eingegraben, ohne daß ich die geringste Verwendung für sie gehabt hätte.

Eine Weile verstrich, ehe ich mich entschloß, den Hörer abzuheben und die Tasten zu drücken.

»Sulzbaum«, flüsterte ich, »lieber Sulzbaum. Wie heißt Ihre Straße?«

Sulzbaums Stimme kam mit eisigem Zischen:

»Helsingfors. Vielleicht schreiben Sie sich's auf!«

Ich griff in die Tasche, um einen Kugelschreiber hervorzuholen, fand aber keinen.

Und bevor ich Sulzbaum noch sagen konnte, daß ich in fünf Minuten bei ihm sein würde, hatte er schon aufgelegt.

Diesmal würde ich die Fehler der Vergangenheit nicht wiederholen. Diesmal machte ich's mit der Mnemotechnik. Ich analysierte den Namen Helsingfors. Der erste Teil erinnert an die finnische Hauptstadt Helsinki. Der zweite Teil ist nahezu identisch mit der bekannten amerikanischen Automarke Ford. Und die beiden sind durch ein »g«, den siebten Buchstaben im Alphabet, miteinander verbunden. Ganz einfach, Helsin(ki)-g-ford(d)-s Nummer 5.

Da kam ein Taxi vorbei. Ich warf dem Fahrer ein gleichgültiges »Helsingforsstraße 5« hin.

»Helsingforsstraße 5«, wiederholte er und gab Gas.

Ich lehnte mich im Sitz zurück und dachte darüber nach, wie seltsam es doch war, daß ein Mann meines geistigen Kalibers, der sich noch an die entlegensten Antworten längst vergangener Mittelschulprüfungen erinnert, zum Beispiel: »Die Hauptstadt von Dazien hieß Sarmisegetuza« – daß ein solcher Mann, der fast schon ein Elektronenhirn sein eigen nennt, einen so kindisch einfachen Straßennamen vergessen konnte wie … wie …

»Entschuldigen Sie.« Der Fahrer wandte sich zu mir um. »Wie heißt die Straße?«

Graue Schleier senkten sich über meine Augen. Alles, was mir einfiel, war »Sarmisegetuza«, aber so hieß sie bestimmt nicht. Ich tat das Nächstliegende und verfluchte den Fahrer. Er schwor, daß er den Namen an der Ecke der Fischmannstraße noch gewußt hatte.

»Na schön.« Ich gab mich überlegen. »Wir wollen versuchen, den Namen zu rekonstruieren. Gehen wir systematisch vor. An was erinnern Sie sich?«

»An nichts«, lautete die unverschämte Antwort. »Höchstens an die Hausnummer 173.«

»Konzentrieren Sie sich, Mann! Denken Sie!«

»Seeligbergstraße … Salmonowskistraße … irgend so was.«

Plötzlich fiel mir die Mnemotechnik ein. Ich war gerettet. Die Hauptstadt von Norwegen heißt Oslo – in der Mitte kommt ein »g« – und dann der erste Teil dieser berühmten englischen Automarke.

»Oslogrolls-Straße, Sie Vollkretin«, sagte ich mit schneidendem Hohn. Der Fahrer nickte dankbar, machte eine scharfe Kehrtwendung und sauste nach Süden. An der nächsten Ecke blieb er stehen:

»Tut mir leid. Diese Straße gibt es nicht.«

Offen gesagt, auch ich hatte nicht recht daran geglaubt. Aber der prompte Start des Fahrers hatte mich verunsichert. Jetzt wußte ich aber, wo mein Irrtum steckte. Es war kein »g« in der Mitte. Oslorolls ... Osloroyce ...

»Was jetzt?« fragte der Fahrer.

In stummer Verachtung schleuderte ich ihm ein paar Schekel ins Gesicht, sprang aus dem Taxi und in die nächste Telefonzelle.

»Ich bin sofort bei Ihnen«, beschwichtigte ich Sulzbaum, »aber es ist etwas geradezu Unglaubliches ...«

»Helsingfors!« brüllte Sulzbaum, daß die Wände der Telefonzelle zitterten. »Helsingfors! Und sie brauchen überhaupt nicht mehr zu kommen!«

Peng. Er hatte aufgelegt.

Kann mir nur recht sein. Schließlich bin ich nur ein einfacher Familienvater mit einigen Dutzenden todmüder grauer Zellen und kein Schachcomputer.

Ich verließ die Telefonzelle. Sie befand sich unterhalb einer Straßentafel. Helsingforsstraße stand darauf.

Ephraim, Nachkomme einer in Ungarn renommierten Rabbinerfamilie, ist völlig assimiliert aufgewachsen, als ganz normaler Ungar. Aber vielleicht haben die Gene seines Großvaters, jenes legendären Rabbis, es ermöglicht, daß er zum Erneuerer der hebräischen Sprache wurde. Er ist den komplizierten hebräischen Buchstaben nämlich erst im Alter von 26 Jahren in einem Kibbuz, in der Nähe von Nazareth, begegnet.

Ganz anders aber steht es mit seinen Kenntnissen der jüdischen Tradition. Der begeisterte Patriot, der bereit ist, den jüdischen Staat mit Feuer und Schwert in der ganzen Welt zu verteidigen, und darüber hinaus leidenschaftlicher Bibelforscher ist, steht mit den Gebräuchen seiner Religion auf permanentem Kriegsfuß.

Wenn ich ihn an einen bevorstehenden Feiertag erinnere, dann muß ich ihm zunächst Unterricht in den elementarsten Gepflogenheiten geben und ihm die religiösen Zeremonien erklären. Er hört dann mit der naiven Aufmerksamkeit eines Grundschülers zu, als würde er Grimms Märchen zum ersten Mal erzählt bekommen. »Ich bin ein stolzer Jude«, macht er sich dann über sich selbst lustig. »Ich sollte zumindest wissen, worauf ich stolz bin, nicht wahr?«

Die einzige jüdische Zeremonie, die er in seiner Kindheit erlebt hat, ist die Bar-Mizwa. Das ist, wie bereits erwähnt, die traditionelle Feier, in der ein 13jähriger jüdischer Knabe zum Manne wird. Dieser Brauch folgt einem Gesetz, das Moses aus der Wüste mitgebracht hat. Zu diesem heiligen Zweck mußte Ephraim sogar einen kompletten Abschnitt der Tora auswendig aufsagen. Da er den Text nicht einmal lesen konnte, schrieb man ihm die fremden, so seltsamen hebräischen Worte in lateinischen Buchstaben auf einen Zettel.

Fünfzig Jahre später hat dieses Kind dann über fünfzig Bücher in dieser fremden, so seltsamen Sprache geschrieben.

Heute sagt er über seine Begegnung mit der Religion etwas Erstaunliches: »Es ist wesentlich leichter, an die Wirkung von Gebeten zu glauben, wenn man sie nicht versteht.«

Seit seiner Bar-Mizwa ist viel Wasser den Jordan hinuntergeflossen.

Die Probleme einer Bar-Mizwa sind in Israel heute nicht mehr linguistischer, sondern finanzieller Art. Heute ist es nämlich zur lieben Gewohnheit geworden, zu der Zeremonie, die das Kind zum Manne macht, das halbe Heilige Land einzuladen. Man feiert in einem prächtigen Festsaal, in dem die Tische sich unter der Last der üppigsten Speisen biegen, koste es, was es wolle.

Familienehre ist nun einmal Familienehre. Die Gäste müssen die Gastgeber mit mehr oder weniger milden Gaben über den bevorstehenden Bankrott hinwegtrösten, und beim Eintreiben dieser Spenden bewies unser gemeinsamer Sohn, der neu geschaffene Mann Amir, überraschendes Talent.

Finanzgenie in Kinderschuhen

Amir, mein zweitgeborener und, wie man weiß, rothaariger Sohn, hatte ziemlich mühelos das Alter von dreizehn Jahren und damit seine offizielle Mannbarkeit erreicht. Dies äußerte sich darin, daß er in der Synagoge zur Verlesung des fälligen Thoraabschnitts an die Bundeslade gerufen wurde. Es äußerte sich ferner in einer abendlichen Feier, die wir nach alter Elternsitte für ihn veranstalteten und zu der wir vor allem wohlhabende Bekannte einluden.

Kurz vor Beginn des Empfangs trat ich an meinen zum Manne gewordenen Sohn heran, um ihm die Gewichtigkeit des Anlasses klarzumachen:

»Generationen deiner Vorfahren, mein Junge, blicken heute stolz auf dich nieder. Du übernimmst mit dem heutigen Tag die Verantwortung eines volljährigen Bürgers dieses Landes, das nach zweitausend Jahren endlich wieder …«

»Apropos zweitausend«, unterbrach mich mein verantwortungsbewußter Nachfahre. »Glaubst du, daß wir so viel zusammenbekommen?«

»Wer spricht von Geld?« wies ich ihn zurecht. »Wer spricht von Schecks und von Geschenken? Was zählt, ist das Ereignis als solches, ist sein spiritueller Gehalt, ist …«

»Ich werde ein Bankkonto auf meinen Namen eröffnen«, vollendete Amir laut und deutlich seinen Gedankengang.

Dennoch zeigte er sich ein wenig unsicher und verlegen, als die ersten Gäste erschienen. Er wußte nicht recht, wo sein Platz war, er begann zu schwitzen und fragte mich immer wieder, was er sagen sollte.

Geduldig brachte ich es ihm bei: »Sag: Ich freue mich, daß Sie gekommen sind.«

»Und wenn man mir das Geschenk überreicht?«

»Dann sag: Danke vielmals, aber das war wirklich nicht notwendig.«

Solcherart instruiert, bezog Amir Posten nahe der Tür. Schon von weitem rief er jedem Neuankömmling entgegen: »Danke, das war nicht notwendig« und hielt ihm begehrlich die Hand hin. Als er den ersten Scheck bekam, ausgestellt auf fünfzig Schekel, mußte ich ihn zurückhalten, sonst hätte er seinem Wohltäter die Hand geküßt. Über die erste Füllfeder geriet er beinahe in Ekstase, und beim Anblick eines Expanders brach er in Freudentränen aus.

»Ein empfindsames Kind«, bemerkte seine Mutter. »Und so begeisterungsfähig.«

Die Sammelstelle für Geschenke wurde im Zimmer meiner jüngsten Tochter Renana eingerichtet, und mein ältester Sohn Raphael übernahm es, die Beute zu ordnen.

Eine Trübung der festlichen Atmosphäre ergab sich, als ein zur Prunksucht neigender Geschäftsmann sich mit einem Scheck in der exhibitionistischen Höhe von zweihundertfünfzig Schekel einstellte. Neben solcher Großzügigkeit verblaßten sämtliche Kompasse und Enzyklopädien. Immer nachlässiger murmelte von da an der junge Vollbürger sein »Danke ...«, und bald darauf beklagte er sich bei mir über zwei soeben eingetroffene Gäste, von denen er nichts weiter bekommen hatte als einen Händedruck, was wirklich nicht notwendig war. Ich behielt die schamlosen Geizkragen scharf im Auge.

»Nur Geduld«, tröstete ich meinen zornbebenden Sohn. »Den kriegen wir noch. Geh auf deinen Kontrollposten.«

Im allgemeinen durfte man jedoch mit den Geschenken zufrieden sein, obwohl sie von wenig Phantasie zeugten und zahlreiche Duplikate aufwiesen. Es wimmelte von Feldflaschen, Ferngläsern, Kompassen und Füllfedern, und die Expander vermehrten sich wie die Kaninchen. Wer hätte gedacht, daß diese Instrumente so billig sind.

Wir empfanden es geradezu als Erlösung, als die Seeligs mit dem Minimodell eines zusammenlegbaren Plastikboots ankamen. Amir vergaß sich und sagte statt des üblichen »Danke, nicht nötig« mit anerkennendem Kopfnicken: »Nicht schlecht.«

Ich selbst schlüpfte von Zeit zu Zeit aus meiner Rolle als freundlicher Gastgeber, um Inventur zu machen. Die Bücher hatten sich mittlerweile zu Türmen hochgeschichtet: wohlfeile Ausgaben der Bibel, Reisebeschreibungen, Bildbände mit schlechten Reproduktionen und ein Bändchen mit dem zunächst rätselhaften Titel »Hinter dem Feigenblatt«, das sich als Anleitung zum Geschlechtsverkehr für Minderjährige entpuppte. Und irgendein Idiot hatte sich nicht entblödet, meinem Sohn ein »Lexikon des Humors« zu schenken, in dem der Name seines Vaters nicht erwähnt war. Ich gab Auftrag, dem Kerl keine Getränke anzubieten.

In einer Kampfpause versuchte ich mich am Expander und stellte befriedigt fest, daß ich ihn über zwei Stufen spannen konnte. Außerdem beschlagnahmte ich eine Füllfeder. Es waren ihrer sowieso schon zu viele. Amir sollte sich nach der Feier eine aussuchen, meinetwegen sogar zwei, und den Rest würden wir umfunktionieren.

Im übrigen veränderte sich der Charakter meines rothaarigen Sohnes gewissermaßen unter meinen Augen. Er hatte längst aufgehört, die ankommenden Gäste zu begrüßen. Die *stumme Gebärde, mit der er ihnen entgegensah, bedeutete unverkennbar: »Wo ist das Geschenk?« Und die Stimme, mit der er sich bedankte, klang je nach den gegebenen Umständen von herzlich bis kühl. Auch sonst benahm er sich wie ein Erwachsener.*

Bei meinem nächsten Besuch im Lagerraum stieß ich auf zwei Flakons Toilettenwasser, für die der Junge keine Verwendung hatte. Die Leute könnten wirklich ein wenig nachdenken, bevor sie Geschenke machen. Auch einen goldenen Kugelschreiber und eine Mundharmonika nahm ich an mich. Dann wurde ich in meinen Ordnungsbemühungen gestört.

»Um Himmels willen«, zischte die beste Ehefrau von allen. »Kümmere dich doch um unsere Gäste!«

Ich postierte mich neben Amir, der den jetzt schon etwas spärlicher eintreffenden Gästen mit dem lüsternen Blick eines Wegelagerers entgegensah und sie erstaunlich richtig einzuschätzen wußte:

»Höchstens achtzig«, flüsterte er mir zu oder verächtlich: »Taschenmesser.«

Gegen zehn Uhr vertrieb er alle Familienmitglieder aus dem Abstellmagazin und versperrte die Türe.

»Hinaus!« rief er. »Das gehört mir!«

Als er auf Seeligs Plastikboot ein Preisschildchen mit der Aufschrift »Schekel 7.25« entdeckte, ließ er sich's nicht verdrießen, den Spender in der Menge ausfindig zu machen, und spuckte ihm zielsicher zwischen die Augen.

Rätselhaft blieb uns allen ein Transistor mit Unterwasser-Kopfhörern, der keinen Herkunftsvermerk trug. Von wem stammte er? Wir gingen rasch das von meiner Tochter Renana angelegte Namensverzeichnis der Anwesenden durch. Es kamen nur zwei in Betracht, die auf der Geschenkeliste nicht erschienen: unser Zahnarzt und ein Unbekannter mit knallroter Krawatte. Aber welcher von beiden war es? Die Ungewißheit wurde um so quälender, als wir uns bei dem einen bedanken und den anderen maßregeln mußten. Da bewährte sich Amirs Instinkt aufs neue. Er machte sich an den Zahnarzt heran und trat ihn ins Schienbein. Der Zahnarzt nahm das widerstandslos hin. Kein Zweifel: Die edle Spende stammte vom Krawattenträger.

Heftigen Unmut rief bei uns allen die Festgabe eines Frankfurter Juden namens Jakob Sinsheimer hervor, die aus einer Holzschnittansicht seiner Geburtsstadt bestand. Was uns erbitterte, war nicht die Wertlosigkeit des Blattes, sondern die auf der Rückseite angebrachte Widmung: »Meinem lieben Kobi zur Bar-Mizwa von seinem Onkel Samuel.« Wir gossen ein wenig Himbeersaft über Herrn Sinsheimers Anzug und entschuldigten uns.

Inzwischen begrüßte Amir die letzten Gäste.

»He!« rief er. »Wieviel?«

Er hatte sich zu einem richtigen Monstrum ausgewachsen, seine blutunterlaufenen Augen lagen tief in den Höhlen, seine Krallenhände zitterten vor Gier. Sein ganzer Anblick war so abscheulich, daß ich mich abwandte und in den Lagerraum flüchtete, wo ich die beste Ehefrau von allen in flagranti erwischte, wie sie sich mit Frau Thatchers Lebenserinnerungen aus dem Staub machte.

Allein geblieben befeuchtete ich Daumen und Zeigefinger und begann die Schecks zu zählen. Guter Gott, welch eine Verschwendung! So viel Geld in einem so armen Land wie dem unsern! Der Gedanke, daß mein mißratener Sohn über all diese

Summen verfügen könnte, hatte etwas höchst Beunruhigendes an sich. Ich ließ ihm ein paar auf kleinere Beträge lautende Schecks zurück und barg die anderen an meiner väterlichen Brust.

Nein, ich hatte kein schlechtes Gewissen. Es war nur recht und billig, was ich tat. Hatte ich nicht in seine Erziehung eine Menge Geld investiert? Und wer hatte für diesen kostspieligen Festempfang gezahlt? Ich oder er? Na also. Er soll arbeiten gehen und Geld verdienen. Schließlich ist er heute zum Manne geworden.

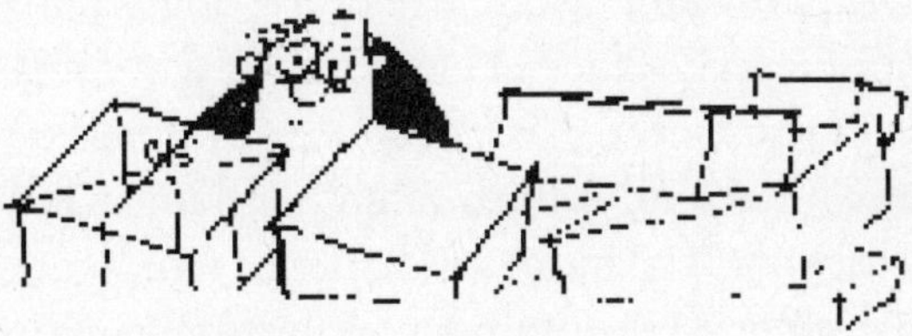

Die folgende Briefgeschichte, die Ephraim vor einigen Jahren nach der Wirklichkeit erfunden hat, spiegelt seinen blanken Neid auf all jene Beamten wider, die auf Staatskosten und unter dem Vorwand wissenschaftlicher, kultureller und soziologischer Kongresse herrliche Zeiten in Las Vegas oder an der französischen Riviera verbringen.

Ephraim und ich hingegen müssen, um den Fortschritt der Menschheit voranzutreiben, unsere Reisen selbst finanzieren. Mit einigen wenigen Ausnahmen. Dreimal wurden wir nämlich nach Amerika eingeladen. Einmal von der amerikanischen Regierung, um zuzusehen, wie sie den ersten Menschen auf einen Weltallspaziergang geschickt hat, und zweimal von der Akademie für Kunst und Film, die in Los Angeles die Oscars verleiht.

Als wir mit Schriftstellern aus aller Welt eingeladen waren, die über den Start von »Apollo 11« berichten sollten, übte man sich in vornehmer Bescheidenheit, und die Verschwendung öffentlicher Gelder hielt sich in erträglichen Grenzen. In der Traumfabrik in Los Angeles hingegen genierte man sich nicht im geringsten, das Geld mit vollen Händen zum Fenster hinauszuwerfen und machte dem Namen Hollywood alle Ehre.

Während unserer Monderoberung logierten wir bei einer Familie in Orlando. Leider haben wir damals nicht auf den Rat unseres Gastgebers, eines amerikanischen Immobilienmaklers, gehört. Er empfahl uns nämlich, ein Grundstück in Orlando zu kaufen, wo Walt Disney angeblich einen Vergnügungspark hinstellen würde. Das haben wir also gründlich verpaßt.

Die Reise war dennoch lohnend.

Gemeinsam mit Alberto Moravia und Norman Mailer erlebten wir den erhebenden Augenblick, als der Fuß eines Menschen zum ersten Mal den Mond betrat.

Wir waren aber sehr rasch wieder auf dem Boden unseres eigenen Planeten, als sich das Interesse unvermittelt vom Weltraum nach Chipchipchip, oder so ähnlich, verlagerte, wo Ted Kennedy angetrunken mit seinem Wagen von irgendeiner Brücke gefallen war und dabei seine Sekretärin im Fluß ertrank. Der Astronaut Armstrong hatte zwar auf dem Mond erklärt, »ein kleiner Schritt für den Menschen, aber ein großer Schritt für die Menschheit« sei getan, doch jenes pikante Ausrutschen auf der Brücke in Chipchipchip, oder so ähnlich, hat uns gelehrt, welcher Schritt die Amerikaner wirklich interessiert. Aber wenigstens geschah es nicht auf unsere Kosten.

Im Jahre 1965 lud uns die Filmakademie zum ersten Mal zur Oscar-Verleihung ein, als Ephraims Film »Salach« in der Kategorie »Bester ausländischer Film« nominiert worden war. Als wir in Los Angeles landeten, fühlte ich mich wie Cinderella, die in einem Kürbis, der sich in eine Kutsche verwandelt hat, zu einem königlichen Ball fährt.

Im luxuriösen Beverley Hills Hotel stolperten wir nur so über die weltberühmten Stars, und ich war wie verzaubert, umflutet von Klängen aus einer anderen Welt.

Der Jetlag, der uns drei Tage lang zu schaffen machte, ließ die Erlebnisse noch irrealer erscheinen. Jeden Morgen, beim Verlassen unserer Suite, konnten wir das überwältigende Gardemaß von Sophia Loren sowie das Alter von Bette Davis bewundern, ganz zu schweigen von den berühmten Tanzbeinen von Fred Astaire, die wie ganz gewöhnliche Beine aussahen. Im Aufzug kam ich mir plötzlich gar nicht mehr so klein vor, als ich in gerader Linie in die Augen von Alain Delon blicken konnte, der in seinen Filmen doch so hochgewachsen wirkt.

Wir waren drei Frauen, die ihre Männer begleiteten, und teilten uns einen livrierten Chauffeur: Rachel, die Frau von Menachem Golan, Galia Topol und ich. Wir waren fest entschlossen, am Abend der Oscar-Verleihung das Publikum in aller Welt mit unserer orientalischen Schönheit zu blenden.

Zu diesem Zweck hatten wir zunächst einen Termin im Schönheitssalon von Frau Fortuna, der Privatfriseuse von Rita Hayworth.

Unser Erfolg übertraf alle Erwartungen. Als ich Ephraim mit meiner neuen Frisur in ihrer ganzen Pracht entgegentrat, wurde er blaß und zischte mich an: »Solange du mit diesem scheußlichen Gebilde auf dem Kopf herumläufst, spreche ich kein Wort mehr mit dir.«

Ich war zwar auch nicht ganz von Frau Fortunas Türmen überzeugt, eine Demontage ließ mich allerdings noch verheerendere Folgen befürchten. Ephraim aber blieb hart. »Ich hatte nicht vor, Madame Pompadour zu heiraten.« Und: »Von dir hätte ich mehr Verstand erwartet, als auf jeden Hollywoodtrick hereinzufallen.« Ich erwog die Möglichkeit, meinen Kopf im Hotel zu lassen, aber das war technisch unmöglich.

An diesem für uns so wichtigen Abend wechselten wir also kein Wort miteinander und würdigten uns keines Blickes. Beim anschließenden Galadiner räumte ich dann in der Toilette einen Turm nach dem anderen von meinem Kopf. Meine Verwandlung zum Neopunk sollte Ephraim darüber hinwegtrösten, daß er den Oscar nicht gewonnen hatte.

Cinderella verließ den Königspalast, die Limousine wurde wieder zum Kürbis, die Fee ging nach Hause, das Märchen war zu Ende.

Eine wichtige Schlußfolgerung haben wir aus dem Abenteuer jedoch gezogen: Nicht jede Reise, die andere finanzieren, garantiert schon den Erfolg.

Reisefieber zum Nulltarif

Teure Dvascha!
Diesen Brief schreibe ich Dir, mein teures Weib, aus New York, Amerika. Ich bin erst seit einer Woche hier, aber ich kann Dir sagen: Es lohnt sich schon allein deshalb, ein Parlamentsmitglied zu sein. Diese Organisation! Man glaubt gar nicht, wie das hier alles organisiert ist. Bereits am Flughafen begrüßten uns große Spruchbänder mit der Aufschrift: »Wir begrüßen die Berater der Israelischen Delegation zu den Vereinten Nationen.« Und draußen standen sechs Omnibusse, um uns ins Hotel zu bringen.

Im Hotel erwartete uns jemand von der Botschaft mit der Nachricht, daß wir jeden Freitag Taschengeld bekämen und daß er uns einen angenehmen Aufenthalt wünsche. Ich sagte zu ihm: Genosse, sagte ich, herumlungern kann ich auch zu Hause, ich bin hier, um zu beraten, also wenn ihr einen Rat braucht oder wenn euch in der Vollversammlung eine Stimme fehlt, dann kommen Sie zu mir, und wenn ich gerade schlafe, wecken Sie mich auf. Er antwortete: Machen Sie sich keine Sorgen und schlafen Sie, soviel Sie wollen.

Schon am vierten Tag nach unserer Ankunft gingen wir in die UNO. Sie ist in einem hohen Gebäude untergebracht, das mich an unsere Parteizentrale erinnert, aber es hat noch ein paar Stockwerke mehr. Als die israelische Delegation einmarschierte, rannten alle aus der großen Vorhalle in den Sitzungssaal, weil sie Angst um ihre Plätze hatten. Die Saaldiener schleppten vielleicht vierzig neue Stühle herein. Trotzdem mußte ich meinen Sitz mit einem anderen Delegationsmitglied teilen. Es stellte sich heraus, daß er die Teilnahme an unserer UNO-Delegation in irgendeinem Fernsehquiz gewonnen hatte und überhaupt nicht wußte, wozu er hier war. Ich berichtete sofort an höchster Stelle darüber – glaub nur ja nicht, teure Dvascha, daß ich so etwas einfach hinnehme. Was soll das heißen, fragte ich, jemanden nach New York delegieren, ohne vorher festzustellen, ob er ein Fachmann für internationale Beziehungen oder wenigstens Parteimitglied ist? Daraufhin fragte man mich:

»Und wer sind Sie? Was machen Sie hier?«

»Ich bin ein offizieller Berater für ökologische Beziehungen«, sagte ich. »Heute morgen habe ich unserem Außenminister bereits geraten, den Regenschirm zu nehmen, damit er nicht naß wird. Fragen Sie ihn selbst.«

In diesem Augenblick begann an einem anderen Schreibtisch einer von unserer ständigen UNO-Vertretung, vielleicht ein Sekretär, laut zu schreien: daß er sich in diesem Durcheinander nicht mehr auskennt, und man soll endlich eine Liste anlegen, wer zur Delegation gehört und wer nicht, oder er tritt zurück. Ich konnte das Ende seines Vortrags nicht abwarten, weil gerade die Vollversammlung eröffnet wurde, und da mußte ich zuhören. Es wurden viele Reden gehalten, aber keine einzige auf jiddisch, so daß ich nur wenig verstand. Warum bringt man nicht leichte Unterhaltungsmusik über die Kopfhörer?

Am nächsten Vormittag veranstalteten sie in unserer Botschaft eine große Kontrollparade, um die wirklichen Delegationsmitglieder zu identifizieren. Einige hundert Israelis versammelten sich im Hof des Gebäudes. Manche von ihnen waren schon seit Jahren offiziell in New York tätig und sahen sich jetzt zum ersten Mal. Es gab rührende Szenen, teure Dvascha, das kannst Du mir glauben.

Dann wurden wir alle in alphabetischer Reihenfolge aufgerufen, und wirklich entdeckte man zwei Puertorikaner, die sich in unsere Delegation eingeschmuggelt hatten und jeden Tag in die UNO gingen. Der Sekretär sagte, sie wären ihm schon seit langem aufgefallen, weil sie immer spanisch sprachen, aber er hatte sie für Vertreter der Sephardischen Diskontbank in Tel Aviv gehalten und deshalb nichts unternommen. Jetzt wurden sie hinausgeworfen. Als nächstes verkündete ein Botschaftsrat den offiziellen Entschluß, die Zahl der Delegierten auf die Hälfte zu reduzieren. Wer die Führung durch das UNO-Gebäude bereits mitgemacht und seine Einkäufe besorgt hatte, sollte nach Israel zurückkehren. Ich wurde von einem hohen Beamten beiseitegenommen, der mir andeutete, daß meine Frau mich doch sicherlich schon vermissen würde. Damit hatte er recht, und ich stimmte ihm zu. Teure Dvascha, nimm das nächste Flugzeug und komm zu mir nach New York, Amerika. Du findest mich im Waldorf Astoria Hotel auf der Park Avenue, 5. Stock, Suite 517.

Dein Dich liebender Gatte
Zalman

Was Verträge betrifft, verfügt Ephraim über ein ungewöhnliches Know-how. Dank jahrelanger Erfahrung weiß er genau, wo die Fallen zu finden sind, die sich hinter der Flut überflüssiger Worte verstecken, mit deren Hilfe die Anwälte ihre Gehirnwäsche betreiben. Ephraim weiß sich zu wehren und hat zum Beispiel ein prinzipielles Veto gegen zu viele »Vorbehaltlichs« – eine Lieblingswaffe der Juristen – eingelegt.

Einem »Vorbehaltlich der Tatsache, daß Partei A an einem Vertragsabschluß mit Partei B interessiert ist, und vorbehaltlich der Tatsache, daß Partei B keine Einwände gegen den Abschluß des Vertrages mit Partei A vorzubringen hat, und vorbehaltlich der Tatsache, daß Partei A und Partei B sich darüber geeinigt haben, den Vertrag abzuschließen ...« folgt üblicherweise die Pointe: »Diese Prämisse ist fester Bestandteil des nachfolgenden Vertrags.«

Ephraims eiserne Regel lautet daher: Niemals mehr als drei »Vorbehaltlichs« in einem Vertrag.

Besonders empfindlich reagiert Ephraim auf Verträge, die amerikanische Anwälte entworfen haben. Es sind jene berüchtigten Vertragswerke, deren Umfang niemals unter 40 Seiten liegt. Die gewitzten Burschen verstehen es, mit Bandwurmformulierungen, denen das menschliche Hirn einfach nicht gewachsen ist, den Widerstand des Vertragspartners gründlich und endgültig zu brechen.

Unvergeßlich sind Ephraim daher seine Verhandlungen mit den Walt-Disney-Studios über die Neuverfilmung von »Schlaf gut, Wachtmeister«. Hier hieß es im

Vertrag über 40 Seiten hinweg: »Das Studio ist ermächtigt, den Film von Herrn Kishon zu korrigieren, kopieren, publizieren, reduzieren, verkomplizieren, subskribieren, zensieren, retuschieren, variieren, tranchieren, realisieren, renovieren, eliminieren …«

Ephraim antwortete dem ehrwürdigen Studio, er unterzeichne prinzipiell keinen Vertrag, der über vier Seiten lang ist. Er erhielt einen vier Seiten langen Vertrag und unterzeichnete ihn.

Ephraim weiß auch genau, daß etwa auf Seite 37 in Liliputschrift stehen wird: »Dieser Vertrag ist ungültig.« Deshalb fordert er von den Gegenanwälten eine Mindestschriftgröße. »Ein Vergrößerungsglas habe ich zwar«, sagt er. »Aber Zeit habe ich keine.«

Im übrigen macht er sich nur allzu gerne über die Justiz lustig, gemeinsam mit seinem Anwalt, der zufällig auch sein Schwiegersohn ist.

Ohne Rechtsbeistand geht es nicht

In den frühen Abendstunden der vergangenen Woche tauchte vor unserer Wohnungstür ein Polizist auf. Zweck seines überraschenden Besuches war eine Vorladung für den nächsten Morgen um acht Uhr auf der nächsten Polizeistation.

Meine Frau wurde blaß.

»Warum laden sie dich so dringend vor?« fragte sie. »Was hast du angestellt?«

»Nichts«, antwortete ich.

Meine Frau sah mich prüfend an.

»Du solltest nicht allein hingehen. Nimm einen Anwalt mit.«

»Wozu?«

»Frag nicht so dumm. Damit du jemanden bei dir hast, wofern du in Schwierigkeiten kommst.«

Die Tatsache, daß meine Frau zum erstenmal in ihrem Leben das Wort »wofern« gebrauchte, übte eine zutiefst demoralisierende Wirkung auf mich aus. Noch am Nachmittag rief ich Dr. Jonathan Shay-Sheinkrager an, einen der gefinkeltsten Rechtsanwälte unseres Landes. Er ließ sich den Fall in allen Details vortragen, überlegte eine Weile und erklärte sich dann bereit, meine Verteidigung zu übernehmen. Ich unterschrieb die nötigen Papiere und ging erleichtert nach Hause.

Am nächsten Morgen verabschiedete ich mich schweren Herzens von meiner Ehefrau und begab mich in Begleitung meines Rechtsanwaltes zur Polizeistation. Der wachhabende Polizeibeamte empfing uns freundlich. Er überflog die Vorladung, griff in eine Schublade und zog die Aktentasche heraus, die ich vor ein paar Wochen verloren hatte.

»Wir haben Ihre Aktentasche gefunden, Herr Kishon«, sagte er mit gewinnendem Lächeln. »Hier ist sie.«

»Danke vielmals. Ich weiß Ihre Mühe zu schätzen.« Damit griff ich nach der Aktentasche und wollte mich wohlgelaunt entfernen.

Ich hatte jedoch die Rechnung ohne meinen Anwalt gemacht.

»Sehr rührend«, sagte Shay-Sheinkrager sarkastisch. »Aber darf ich Sie, Herr Inspektor, fragen, woher Sie wissen, daß es sich um die Aktentasche meines Klienten handelt?«

Der Sergeant grinste gutmütig:

»Wir haben in der Aktentasche eine Wäschereirechnung auf den Namen dieses Herrn gefunden.«

»Und es ist Ihnen nicht eingefallen«, fuhr Shay-Sheinkrager fort, »daß die Aktentasche Eigentum der Wäscherei sein könnte?«

»Aber sie gehört mir«, versicherte ich meinem Anwalt. »Ich habe sie an den Joghurtflecken auf der rechten Seite sofort erkannt.«

»Bitte mischen Sie sich nicht in ein schwebendes Verfahren ein«, ermahnte mich Shay-Sheinkrager. »Herr Inspektor, ich verlange ein Protokoll!«

»Was heißt da Protokoll? Nehmen Sie die Aktentasche und gehen Sie.«

»Wir sollten wirklich gehen«, stimmte ich zu.

Mein Anwalt trat ans Fenster und sah hinaus. Nach ungefähr einer Minute drehte er sich um:

»Ich werde Ihnen sagen, was wir hier noch zu tun haben, meine Herren. Wir haben den Inhalt der Aktentasche zu überprüfen.«

Schweigen. Shay-Sheinkrager hatte natürlich recht. Zu dumm, daß mir das nicht selbst eingefallen war. Da zeigt sich wieder einmal der Unterschied zwischen einem Laien und einem Profi.

»Dann machen wir sie eben auf«, seufzte der Sergeant und griff nach der Aktentasche.

»Ich protestiere!« Wie ein Tiger fuhr Shay-Sheinkrager dazwischen. »Das strittige Objekt muß unbedingt in Anwesenheit eines Zeugen geöffnet werden.«

Mit seinem letzten Rest an Selbstbeherrschung ging der

Beamte einen Kollegen holen. Als die beiden wiederkamen, lag leichte Zornesröte über ihren Gesichtern.

»Herr Kishon«, ließ sich mein Anwalt vernehmen, »fertigen Sie jetzt bitte eine Liste der Gegenstände an, die, soweit Sie sich erinnern können, in dieser Aktentasche waren.«

»Gerne«, antwortete ich. »Aber ich kann mich nicht erinnern.«

»Um so besser«, sagte der Sergeant und traf neuerdings Anstalten, die Aktentasche zu öffnen. Aber mein Anwalt hinderte ihn daran:

»Das Eingeständnis meines Klienten, den Inhalt der Aktentasche nicht rekonstruieren zu können, darf amtlicherseits nicht dahingehend verstanden werden, daß die Aktentasche zur Zeit ihres Verlustes keinerlei Wertgegenstände enthalten hätte.«

Die Blicke, mit denen die beiden Sergeanten ihn daraufhin ansahen, konnte man wirklich nicht mehr als »liebevoll« bezeichnen. Shay-Sheinkrager war das offenbar gewohnt. Ungerührt zog er mich zur Seite:

»Bitte sprechen Sie von jetzt an kein Wort, ohne mich vorher zu fragen«, schärfte er mir ein. »Von jetzt an liegt die Sache in meinen Händen!«

Dann begann er, das Protokoll zu diktieren:

»Aufgrund einer freiwillig gemachten Aussage meines Klienten, und ohne seine Rechte als einziger gesetzlicher Eigentümer des strittigen Fundobjektes im mindesten zu präjudizieren, wird hiermit festgestellt, daß mein Klient infolge einer Erinnerungslücke außerstande ist, verbindliche Angaben über den Inhalt der Aktentasche zu machen, die sich zur Zeit der Ausfertigung dieses Protokolls auf der das Protokoll ausfer-

tigenden Polizeistation befindet, deren diensthabende Beamte die in Rede stehende, vor einer bestimmten Anzahl von Tagen aufgefundene Aktentasche nach bestem Wissen und Gewissen als Eigentum meines Klienten bezeichnet und ...«

»Einen Augenblick«, unterbrach der Sergeant und stand auf, um aus dem Nebenzimmer einen Oberinspektor herbeizuholen.

Noch ehe der Oberinspektor seinen Unmut äußern konnte, hatte sich Shay-Sheinkrager vorgestellt und bat ihn, diese Angelegenheit fair und objektiv zu behandeln. Dann wandte er sich nochmals an mich:

»Ich muß Sie pflichtgemäß darüber belehren, daß von jetzt an jedes Ihrer Worte gegen Sie verwendet werden kann.«

Ich fragte ihn, ob ich vereidigt werden müßte, aber er beruhigte mich: So weit wären wir noch nicht.

Nachdem alle Anwesenden das Protokoll unterzeichnet hatten, erklärte Shay-Sheinkrager laut und langsam:

»Mein Klient erhebt keine Einwände gegen die Öffnung des strittigen Fundobjektes.«

Der Oberinspektor steckte die Hand in die Aktentasche und zog einen Bleistift heraus.

»Herr Kishon«, fragte mein Anwalt, wobei er jede Silbe scharf betonte, »ist das Ihr Bleistift?«

Ich sah mir den Bleistift an. Er war kurz und abgenützt, ein ganz gewöhnlicher Bleistift.

»Wie soll ich das heute noch wissen?« fragte ich. »Beschwören kann ich's nicht.«

In Shay-Sheinkragers Augen glomm ein heiliges Feuer:

»Meine Herren, jetzt kommt alles darauf an, kühlen Kopf zu bewahren. Herr Kishon! Sind Sie ganz sicher, daß Sie dieses

Schreibinstrument nicht als Bestandteil der von Ihnen ständig gebrauchten Schreibutensilien identifizieren können?«

»Ich habe Ihnen doch schon gesagt, daß ich das nicht kann.«

»Dann verlange ich die sofortige Vorladung des Bezirkskommandanten!«

»Des Bezirkskommandanten?« tobte der Oberinspektor. »Und warum, wenn ich fragen darf?«

Er durfte fragen. Jede Frage war meinem Anwalt willkommen, weil er auf jede Frage eine Antwort hatte. Diesmal lautete sie:

»Herr Oberinspektor! Wenn der sogenannte ›ehrliche Finder‹ einen nicht meinem Klienten gehörenden Bleistift in diese Aktentasche hineinpraktiziert hat, kann er ebensogut ein anderes und möglicherweise wertvolleres Objekt aus dieser Aktentasche entfernt haben.«

Nach einer Weile erschien der Bezirkskommandant und prallte bereits in der Tür entsetzt zurück:

»Um Gottes willen! Sie hier, Shay-Sheinkrager? Schon wieder? Das darf nicht wahr sein!«

Auch jetzt ließ sich mein Anwalt nicht erschüttern. Er pflanzte sich vor dem Bezirkskommandanten auf. Seine Stimme bebte vor Bedeutsamkeit:

»Im Namen meines Klienten erstatte ich hiermit Anzeige gegen den Finder dieser Aktentasche, und zwar a) wegen widerrechtlichen Gebrauchs der meinem Klienten gehörenden Schreibutensilien und b) wegen möglicher Entfernung von Gegenständen aus der gefundenen Aktentasche.«

»Soll das heißen«, fragte drohend der Bezirkskommandant, »daß Sie hier einen Diebstahl unterstellen?«

»Allerdings. Mein Klient glaubt mit ausreichender Sicher-

heit behaupten zu können, daß im Zusammenhang mit der ihm gehörenden Aktentasche ein Diebstahl unbestimmten Ausmaßes begangen wurde.«

»Na schön«, stöhnte der Bezirkskommandant. »Wer hat die verdammte Aktentasche gefunden?«

Unmutig kramte der Sergeant in seinen Papieren:

»Der Verkehrspolizist vom Dienst. Vorgestern nachmittag.«

»Sie wollen einen Polizisten des Diebstahls beschuldigen?« fragte mich der Bezirkskommandant.

»Nicht antworten!« Shay-Sheinkrager war mit einem Satz bei mir und hielt mir den Mund zu. »Sagen Sie kein Wort! Die Kerle wollen Ihnen einen Strick drehen. Ich kenne ihre Tricks. – Herr Bezirkskommandant«, fuhr er amtlich fort. »Wir haben dem Gesagten nichts mehr hinzuzufügen. Weitere Aussagen machen wir nur vor dem zuständigen Gerichtshof.«

»Wie Sie wünschen. Sie sind sich hoffentlich klar darüber, daß Sie soeben einen Beamten des öffentlichen Dienstes beleidigt haben?«

»Einspruch«, brüllte Shay-Sheinkrager. »Das grenzt an Erpressung.«

»Erpressung?« Auch die Stimme des Bezirkskommandanten steigerte sich. »Sie beleidigen einen uniformierten Polizisten im Dienst! Paragraph 18 des Strafgesetzbuches!«

»Einspruch! Ich beziehe mich auf Anhang 47 zur Verordnung über Pflichten und Rechte der öffentlichen Sicherheitsorgane, Gesetzblatt Nr. 317!«

»Darüber wird das zuständige Gericht entscheiden«, schnarrte der Bezirkskommandant und wandte sich an mich: »Im Namen des Gesetzes erkläre ich Sie für verhaftet.«

Shay-Sheinkrager begleitete mich bis an die Zellentür.

»Kopf hoch«, sagte er. »Man kann Ihnen nichts anhaben. Es gibt kein Beweismaterial gegen Sie. Wir werden das Alleinverschulden des Polizisten nachweisen und notfalls einen Haftbefehl gegen den Justizminister erwirken. Dann soll er uns einmal erklären, warum der ›ehrliche Finder‹ nicht verhaftet wurde! Schlafen Sie gut. Ich verständige Ihre Frau.« Und er verabschiedete sich mit einem trostreichen Händedruck.

Es ist wahr, der beste Freund eines einsamen Häftlings ist sein Anwalt. Ich durfte mich glücklich schätzen, einen so brillanten Kopf als Verteidiger zu haben. Vielleicht setzt er es sogar durch, daß ich gegen Kaution entlassen werde.

Es heißt, die Liebe geht durch den Magen. Das können wir nur bestätigen. Leidenschaftliche Liebe übermannt uns beim Gedanken an Schokolade, diese Erfindung des Satans, die jedem Menschen, der sich allmorgendlich barfuß und ohne Armbanduhr auf die Waage begibt, das Leben zur Kalorienhölle macht.

Wir beide sind gescheiterte Weightwatchers, die sich nach der Jahrhundertwende zurücksehnen, als Ephraims Mutter in Budapest und Umgebung eine gefeierte Schönheit war. Sie war es dank eines strammen Korsetts, das ihre üppigen Pfunde in die erwünschten Formen zwängte.

Ephraim und ich jedenfalls sterben für Schokolade, und das vor allem spät am Abend, wenn man nicht einmal mehr eine Gurkenscheibe zu sich nehmen sollte. Schokolade macht uns schwach, Schokolade macht unsere geballten Anstrengungen um eine schlanke Taille endgültig zunichte.

Nichtsdestotrotz versuche ich mit allen legalen Mitteln, so jung wie möglich auszusehen, und auch Ephraim tut das Seine für ein relativ jugendliches Erscheinungsbild. Während andere Männer seines Alters unvermeidliches Übergewicht und andere unerwünschte Begleiterscheinungen des biologischen Verfalls vergeblich durch Maßanzüge oder hochmodische Brillen kaschieren, hat Ephraim jedoch seine spezielle Methode. Ephraim kämmt sich. Mit Ausdauer und inniger Hingabe, im Tagesdurchschnitt alle 90 Minuten, in Spitzenzeiten etwas öfter, in jedem Fall aber nur, bis er einschläft. Dann kämmt er sich in seinen Träumen.

Ja, wir zählen täglich unsere Kalorien und kontrollieren regelmäßig das Körpergewicht, Bürgerpflicht ist schließlich Bürgerpflicht. Jeder Keks, jedes Stück Kuchen wird vor dem Konsum nach der Anzahl seiner Kalorien analysiert und nach der Einnahme gnadenlos registriert.

Denn wir sind uns darüber im klaren: Schon die geringste Gewichtszunahme ist ein Zeichen für erbärmliche Charakterschwäche und ein fataler Schritt auf dem Weg in die totale Enthemmung.

Normalerweise versuchen wir ehrlich zueinander zu sein. Eine der Ausnahmen, bei der wir in der Stunde der

Wahrheit lügen, ist der Konsum von Schokolade. Niemals würden wir uns einen derartigen Fehltritt gestehen.

Nur unsere digitale Waage, ein ultimatives Modell mit einem bedauerlicherweise perfekten Gedächtnis, verrät uns immer wieder.

Wir verachten sie dafür.

Ephraim steigt jeden Morgen auf Zehenspitzen auf die Standfläche, um das Ding zu täuschen, manchmal nimmt er sogar seine Brille ab, um ein paar Milligramm weniger zu wiegen. Auch mit einem kleinen Schubs hat er schon versucht, die Waage zur Einsicht zu bringen, aber nach der halben Tafel Schweizer Milchschokolade, die er am Abend zuvor als Betthupferl auf der dunklen Terrasse verschlungen hat, wird auch die gutmütigste Waage störrisch.

Unser Kampf mit den süßen Verlockungen ist also insgesamt ein einziges großes Versagen. Und so trachten wir, die Versuchung zu meiden. Wir schwören einander, vor allem, wenn wir satt sind, nie mehr wieder eine Tafel anzurühren und nie mehr eine Bonbonniere aufzumachen.

Wir enthalten uns auch noch des allerletzten Krümels leckeren braunen Giftes, das uns kalorienbewußte Bekannte unter fadenscheinigen Ausreden geschenkt haben.

Vor vielen Jahren hat Ephraim dieses Schokoladenattentat in einer treffenden Geschichte vereinigt. Den wahren Hintergrund hat er jedoch verschwiegen. Wir Frauen sind eben ehrlicher.

Schokolade mit Rückfahrkarte

Alles ist eine Frage der Organisation. Deshalb bewahren wir in einem Schrank mit den entsprechenden Fächern unbrauchbare Geschenke zur Wiederverwendung auf. Wann immer so ein Geschenk kommt, und es kommt oft, wird es registriert, klassifiziert und eingeordnet. Babysachen kommen automatisch in ein Extrafach, Bücher von größerem Format als 20 x 25 cm werden in der »Bar-Mizwa«-Abteilung abgelegt, Vasen und talmisilberne Platten unter »Hochzeit«, besonders scheußliche Aschenbecher unter »Neue Wohnungen« und so weiter.

Eines Tages ist Purim, das Fest der Geschenke, plötzlich wieder da, und plötzlich geschieht folgendes:

Es läutet an der Tür. Draußen steht Benzion Ziegler mit einer Bonbonniere unterm Arm. Benzion Ziegler tritt ein und schenkt uns die Bonbonniere zu Purim. Sie ist in Cellophanpapier verpackt. Auf dem Deckel sieht man eine betörend schöne Jungfrau, umringt von allegorischen Figuren in Technicolor. Wir sind tief gerührt, und Benzion Ziegler schmunzelt selbstgefällig.

So weit, so gut. Die Bonbonniere war uns hochwillkommen, denn Bonbonnieren sind sehr verwendbare Geschenke. Sie eignen sich für vielerlei Anlässe, für den Unabhängigkeitstag so gut wie für silberne Hochzeiten. Wir legten sie sofort in die Abteilung »Diverser Schmarrn«. Aber das Schicksal wollte es anders. Mit einemmal befiel uns beide, meine Frau und mich, ein unwiderstehliches Verlangen nach Schokolade, das nur durch Schokolade zu befriedigen war. Zit-

ternd vor Gier rissen wir die Cellophanhülle von der Bonbonniere, öffneten die Schachtel und prallten zurück. Die Schachtel enthielt ein paar bräunliche Kieselsteine mit leichtem Moosbelag.

»Ein Rekord«, sagte meine Gattin tonlos. »Die älteste Schokolade, die wir jemals gesehen haben.«

Mit einem Wutschrei stürzten wir uns auf Benzion Ziegler und schüttelten ihn so lange, bis er uns bleich und bebend gestand, daß er die Bonbonniere voriges Jahr von einem guten Freund geschenkt bekommen hatte. Wir riefen den guten Freund an und zogen ihn zur Verantwortung. Der gute Freund begann zu stottern: »Bonbonniere ... Bonbonniere ... ach ja. Ein Geschenk von Ingenieur Glück, aus Freude über den israelischen Sieg an der Sinai-Front ...« Wir forschten weiter. Ingenieur Glück hatte die Schachtel vor vier Jahren von seiner Schwägerin bekommen, als ihm Zwillinge geboren wurden. Die Schwägerin ihrerseits erinnerte sich noch ganz deutlich an den Namen des Spenders: Goldstein, 1953. Goldstein hatte sie von Glaser bekommen, Glaser von Steiner und Steiner – man glaubt es nicht – von meiner guten Tante Ilka, 1950. Ich wußte sofort Bescheid: Tante Ilka hatte damals ihre neue Wohnung eingeweiht, und da das betreffende Fach unseres Geschenkkastens gerade leer war, mußten wir blutenden Herzens die Bonbonniere opfern ...

Jetzt hielten wir die historische Schachtel wieder in Händen. Ein Gefühl der Ehrfurcht durchrieselte uns.

Was hatte diese Bonbonniere nicht alles erlebt! Geburtstagsfeiern, Siegesfeiern, Grundsteinlegungen, neue Wohnungen, Zwillinge ... wahrhaft ein Stück Geschichte, diese Bonbonniere.

Hiermit geben wir also der Öffentlichkeit bekannt, daß die nationale Geschenkbonbonniere aus dem Verkehr gezogen ist. Irgend jemand wird eine neue kaufen müssen.

Kalorien

Sein Beruf ist Schriftsteller, Regisseur oder Filmemacher, so heißt es in Presseveröffentlichungen oder Kurzbiographien, seine wirkliche Profession aber kennt keiner. Im wahren Leben ist er nämlich leidenschaftlicher Heimwerker. Am liebsten repariert er. Er repariert, ganz egal, was er in die Finger bekommt: Bügeleisen, Pfannen, Kühler, Uhren, Kameras, Espressomaschinen, Füller, Handys, Vorhänge, Öfen, Klimaanlagen, Stühle, Schlösser, Staubsauger, Wasserhähne, Gläser, Boiler – ich könnte die Liste endlos fortsetzen. Hauptsache, Ephi kann herumbasteln.

Manchmal ertappe ich ihn dabei, wie er sich darüber freut, wenn in unserem Haushalt etwas nicht mehr funktioniert. Ich schließe nicht aus, daß er von Zeit zu Zeit ein Hausgerät heimlich auseinandernimmt, wenn gerade gar nichts Kaputtes da ist. Do it yourself. Ein paar Stunden oder gar Tage ohne Heimwerken? Eine Katastrophe für Ephraim. Der schöpferische Genuß, den er offenbar bei dieser Handarbeit empfindet, steht in krassem Widerspruch zu dem gequälten Stöhnen, das er beim Schreiben hören läßt.

Nein, nicht das Schreiben verschafft ihm die wahre, ungetrübte Freude. Einem zufriedenen Ephraim begegnet man nur beim Reparieren kaputter Dinge. Ein Psychiater würde wohl von »Repariersucht« sprechen. Die kleinste Andeutung in Richtung »Ephraim, ich glaube, der Toaster ...« genügt, und sofort bleibt die Zeit für ihn stehen, und nichts und niemand kann ihn aufhalten, sich mit schöpferischer Hingabe der ersehnten Reparatur zu widmen. Er kennt dann auch keinen Feierabend und kein Wochenende, er bastelt rund um die Uhr unter dem Motto »We are never closed!«

Neben seinem Arbeitszimmer hat Ephraim sich inzwischen eine kleine Werkstatt eingerichtet. Sie ist der heimliche Traum eines jeden Heimwerkers: Die Werkzeuge hängen nach professioneller Zweckmäßigkeit geordnet, wie die Soldaten in Reih und Glied, an der Wand. Wenn ein Handwerker sich zu uns verirrt und in die Wunderwerkstatt eindringt, hat er schnell heraus, wieviel einfacher und angenehmer es ist, den jeweiligen Hammer, Bohrer oder Schraubenzieher in Ephis »Law and Order«-Kammer von der Wand zu nehmen, als umständlich im eigenen Durcheinander herumzuwühlen.

Zu Ephraims Lieblingsreparaturen gehören alle erdenklichen Klebearbeiten, das Löten zerbrochener Schmuckstücke, das Auswechseln von Steckern an Elektrogeräten oder auch das Ankleben von Absätzen. Jede einzelne Reparatur führt er mit persönlicher Hingabe aus. Akribisch sucht er das Zubehör und die Materialien aus, spart auch nicht an der Qualität und bedenkt die Lebensdauer der Ersatzteile. Er arbeitet so professionell, wie man es nur von einem erfahrenen Handwerker erwartet, der sich in seiner Freizeit mit dem Schreiben befaßt.

Zu einigen Materialien hat Ephraim eine ganz persönliche Beziehung entwickelt. Schwarze Plastikstreifen, im Volksmund »Isolierband« genannt, aber auch Eisen- und Kupferkabel, Klebestreifen ganz gewöhnlicher Machart, Gips, Nägel und vor allem Schrauben, die sich in seiner »Schatzkammer« in unglaublichen Mengen finden, gehören zu seinen Lieblingen.

Seine Leser erinnern sich vielleicht daran, daß Ephraim einen Dauerkrieg mit den mediterranen Schrauben führt, genauer gesagt, mit der dritten Schraube. Ephraim, der Handwerker, hat nämlich das Geheimnis enthüllt, daß seit der Gründung des jüdischen Staates noch kein gesunder israelischer Arbeiter jemals alle Schrauben eingeschraubt hat, die der Anzahl der dafür vorgesehenen Löcher entsprechen. Statt drei Schrauben verwendet der heimische Arbeiter höchstens zwei, manchmal sogar nur eine.

»Vielleicht«, erklärt Ephraim dieses Phänomen, »vielleicht liegt es am übertriebenen israelischen Selbstbewußtsein, das voraussetzt, zwei hebräische Schrauben seien mindestens so gut wie drei ausländische. Es kann aber auch sein, daß es mit Ahasver zu tun hat, dem Mißtrauen des ewig wandernden Juden gegenüber Objekten mit zu langer Lebensdauer.«

Ephraim zog seinerseits, nach gründlicher Forschungsarbeit, die weltbewegende Schlußfolgerung: »Es muß eindeutig festgestellt werden, daß in den meisten Fällen die *mittlere* Schraube fehlt.«

Und so beschloß ich, daß in diesem Buch eine Geschichte nicht fehlen darf, die von Ephis mühevollem Ringen mit echten Handwerkern erzählt, die zufällig keine Hobby-Schriftsteller sind.

Hintergrund dieser literarischen Dokumentation ist die tiefe Seelenverwandtschaft, die meinen Mann mit seinen Kollegen verbindet. Sie äußert sich auch in den ausführlichen bis hitzigen Fachgesprächen, die Ephraim mit Klempnern, Schreinern oder Elektrikern so gerne führt. Daher ist eine Woche, die ohne den Besuch irgendeines Handwerkers vergeht, eigentlich keine Woche.

Inzwischen hat auch jeder Handwerker, der mehr als einmal bei uns war, seinen eigenen Spitznamen erhalten, wie zum Beispiel »Die Schnecke«, »Der Trödler«, »Der Durstige«, »Die Schlafmütze«.

Diese Kosenamen stammen eigentlich noch aus den Zeiten, als unser Haus in den Dünen Tel Avivs erbaut wurde. Damals, vor 30 Jahren, wurden wir nicht müde, uns an den Baufortschritten zu begeistern, obwohl kein Tag verging, an dem nicht mindestens einer der Bauarbeiter durch Abwesenheit geglänzt hätte.

An jenem Mittwoch aber geschah dann das Wunder: Alle Arbeiter trafen gleichzeitig an der Baustelle ein, und das bereits in der Morgendämmerung.

Diesen Tag haben wir als Feiertag in den Familienannalen festgeschrieben. Ephi hat ihn sogar auf einem handgemalten Plakat vereinigt, das bis zum heutigen Tag sein Arbeitszimmer schmückt. Dort heißt es:

»Der 20. Dezember wird hiermit zum Nationalfeiertag erklärt.
An diesem Tag geschah das Unglaubliche.
Alle Arbeiter erschienen zum Bau unseres Hauses.
Dieser heilige Festtag wird von nun an von allen nachfolgenden Generationen mit Andacht begangen werden. Amen.«

Messias auf Warteliste

Kaum war es kalt geworden, als in der Wand meines Arbeitszimmers ein Wasserleitungsrohr platzte und ein dunkelbrauner Fleck auf der Tapete erschien. Ich ließ dem Rohr zwei Tage Zeit, sich von selbst in Ordnung zu bringen. Das geschah jedoch nicht. So blieb mir nichts übrig, als unseren Installateur zu rufen.

Der legendäre Platschek lebte in Holon und war nur sehr schwer zu erreichen. Glücklicherweise traf ich ihn im Fußballstadion, und da seine Mannschaft gewonnen hatte, erklärte er sich bereit, am nächsten Tag zu kommen, vorausgesetzt, ich würde ihn mit dem Auto abholen, und zwar um halb sechs Uhr früh, bevor er zur Arbeit ginge. Auf meine Frage, warum denn so früh und ob denn das, was er bei mir zu tun hätte, keine Arbeit sei, antwortete Platschek: Nein.

Ich holte ihn pünktlich ab. Er warf einen flüchtigen Blick auf die feuchte Mauer und sagte: »Wie soll ich an das Rohr herankommen? Holen Sie zuerst einen Maurer und lassen Sie die Wand aufbrechen!«

Damit verließ er mich, nicht ohne indigniert darauf hinzuweisen, daß er einen ganzen Arbeitstag verloren hätte. Ich blieb zurück, allein mit einem braunen Fleck an der Wand und der brennenden Sehnsucht nach einem Maurer. Ich kenne keinen Maurer. Ich weiß auch nicht, wo man einen Maurer findet. Wie sich zeigte, wußte das auch keiner meiner Freunde, Nachbarn, Bekannten und Kollegen. Schließlich empfahl mir jemand, dessen Bruder in einem Maklerbüro arbeitete, einen Allround-Handwerker namens Gideon, der irgendwo in der Nähe von Bat Jam wohnte.

Aufgrund dieser präzisen Angaben hatte ich Gideon noch vor Einbruch der Dämmerung aufgespürt und erfuhr, daß er erst nach der Arbeit, frühestens um neun Uhr abends, kommen könnte. Ich holte Gideon um neun Uhr abends ab. Gideon begutachtete die Mauer und sagte: »Soll ich vielleicht die Mauer aufbrechen, damit mir sofort das ganze Wasser ins Gesicht schwappt? Holen Sie zuerst einen Installateur, der den Haupthahn abdreht!«

Ich erschrak. So etwas hatte ich die ganze Zeit befürchtet: daß ich auf die gleichzeitige Anwesenheit beider Experten angewiesen war, daß Platschek ohne Gideon nicht an das Rohr herankommt und Gideon ohne Platschek naß wird.

Wie leicht sich das hinschreibt: »Sie mußten zusammentreffen.« Papier ist geduldig. In Wirklichkeit überstieg schon die bloße Planung des Treffens jegliche Vorstellungskraft. Das Weltraum-Rendezvous von Gemini 6 und 7 war ein Kinderspiel dagegen.

Zweimal durchwanderte ich die fruchtbare Ebene von Holon und dreimal die Dünen von Bat Jam, um Platschek und Gideon aufeinander abzustimmen. Vergebens. Der von mir vorgeschla-

gene Kompromiß strebte ein Treffen um 13.15 an, wurde aber von beiden Seiten entrüstet zurückgewiesen.

Zögernd stellte ich eine kleinere Sabbat-Entweihung zur Debatte. Platschek war einverstanden, aber Gideon geht am Samstag mit seinen Kindern spazieren, er hat viel zu tun und sieht sie die ganze Woche nicht. Schluß, aus.

Der braune Fleck an meiner Wand wurde größer und größer. Ich mußte die Verhandlungen wieder aufnehmen. Als ich dann eines Abends mit blaugefrorener Nase und tränenden Augen bei Gideon ankam, übermannte ihn das Mitleid. Er zog seinen Terminkalender heraus und blätterte lange hin und her: »Hier wäre eine Möglichkeit«, sagte er. »Am 26. April ist der Unabhängigkeitstag. Der fällt in diesem Jahr auf einen Montag. Ich werde von Samstag bis Montag ein verlängertes Wochenende einschalten und am Sonntag nicht zur Arbeit gehen. Wenn Ihnen also der 25. April recht ist ...«

Ich bejahte jauchzend und sauste nach Holon hinüber. Dort war es mit dem Jauchzen vorbei. Platschek erklärte dezidiert, daß er am 25. April wie üblich zur Arbeit gehen würde. Warum sollte er am 25. April nicht wie üblich zur Arbeit gehen?

»Weil«, brachte ich mühsam hervor, »weil ich dann nicht mehr weiß, was ich machen soll, Platschek.«

»Es wird sich schon etwas finden«, sagte Platschek mit unerschütterlichem Optimismus. Und wirklich, es fand sich schon etwas. Die Vorsehung meinte es gut mit mir. Der legendäre Platschek wollte nämlich am Dienstag kommender Woche bei seinem Schwager in der Levontin-Straße zum Abendessen sein, und das ließe sich vielleicht mit einem Blitzbesuch bei mir verbinden, vielleicht um halb acht. Ich umarmte ihn, legte in

Rekordzeit den Weg nach Bat Jam zurück, drang zu Gideon vor und rief ihm von der Tür entgegen:

»Platschek kommt Dienstag abend.«

»Dienstag abend«, erwiderte Gideon gelassen, »gehe ich in ›My Fair Lady‹.«

Ich knickte zusammen.

»Vielleicht«, stotterte ich, »vielleicht wäre es möglich, daß Sie an einem anderen Tag in ›My Fair Lady‹ gehen? Ich meine nur. Wenn es vielleicht möglich wäre.«

»Von mir aus. Aber ich denke nicht daran, mir wegen der Karten die Füße in den Bauch zu stehen. Das müssen Sie machen.«

Das verstand sich wohl von selbst: daß es meine Sache war, die Karten umzutauschen. Es war ja auch meine Mauer, wo der braune Fleck schon bis zur Decke reichte. Daß es für »My Fair Lady« nur sehr schwer Karten gab, besonders Umtauschkarten, entmutigte mich nicht. Das Unmögliche gelang. Ich eilte mit der Freudenbotschaft zu ihm.

Sie wurde von Gideons Frau mit Kopfschütteln aufgenommen. Am 21. Dezember endete das Chanukka-Fest, und da würde Großmama die Kinder zurückbringen, denn die Kinder verbrachten das Chanukka-Fest bei Großmama.

»Könnten vielleicht«, wagte ich vorzuschlagen, »könnten die Kinder vielleicht einen Tag früher zurückkommen?«

»Warum nicht?« meinte Frau Gideon gutherzig. »Wenn's die Großmama erlaubt ...«

Großmama lebt unweit von Tel Aviv. Sie ist eine freundliche, weißhaarige Dame, liebenswürdig und hilfsbereit, aber am Sabbat benützt sie keine Fahrzeuge. Und der 21. Dezember fiel auf einen Sabbat.

»Ich selbst würde es ja nicht so genau nehmen«, sagte Großmama. »Aber mein seliger Mann war sehr religiös.«

Und weil ihr seliger Mann sehr religiös war, sollte jetzt mein Haus zerbröckeln und versumpfen? Ich versuchte sie zu überzeugen, daß ihre Sünde nicht gar so groß wäre, und wenn ihr seliger Mann noch lebte, wäre er ganz gewiß damit einverstanden, die lärmende Brut am Sabbat loszuwerden, zumal ich sie eigens mit dem Auto abholen kann. Gratis.

»Nein, nein, nein«, beharrte die starrköpfige alte Hexe. »Am Sabbat fahre ich nicht. Das müßte mir unser Rabbi ausdrücklich bewilligen.« Unser Rabbi weilte in einem Erholungsheim im südlichen Galiläa. Ich fand ihn im Garten.

»Ehrwürdiger Rabbi«, begann ich. »Wenn Großmama die Kinderchen am Sabbat nach Hause bringt, kann Gideon am 21. Dezember ins Theater gehen. Damit wird er frei für das Gipfeltreffen mit dem legendären Platschek, am nächsten Dienstag um halb acht Uhr abends. Und das ist mindestens so wichtig wie die Rettung eines Menschenlebens, für die auch der Strenggläubige die Sabbatruhe brechen darf, nein, muß …«

Der Rabbi gehörte zum aufgeklärten Flügel des israelischen Klerus. Nachdem ich eine größere Summe zur Errichtung einer neuen Talmud-Thora-Schule gestiftet hatte, wurde der Sabbatdispens für Großmama ordnungsgemäß ausgestellt, und Großmama gab nach.

Siegestrunken fuhr ich zu Platschek, siegestrunken rief ich ihm entgegen:

»Der Maurer kommt am Dienstag.«

»Zu dumm«, sagte Platscheck. »Mein Schwager hat die Einladung auf Mittwoch verschoben.«

Am Dienstag nämlich mußte der Schwager, wie sich plötz-

lich erwiesen hatte, einer Versammlung des Elternrats in der von seinen Kindern frequentierten Schule beiwohnen. Und inzwischen hatten sich die braunen Wasserflecken schon über die ganze Decke ausgebreitet.

»Meinetwegen, Herr Kishon«, brummte der Schwager. »Wenn Sie es einrichten können, daß die Sitzung verschoben wird – warum nicht?«

Nein, wirklich, ich kann mich nicht beklagen. Jedermann war bereit, mir zu helfen, jedermann tat sein Bestes. Hoffnungsvoll eilte ich zum Schuldirektor. Er bedauerte lebhaft. Die Einladungen für Dienstag waren schon verschickt.

Ich ging von Haus zu Haus. Achtzehn Eltern erklärten sich sofort mit Donnerstag einverstanden, nur vier machten Schwierigkeiten. Am hartnäckigsten zeigte sich Frau Olga Winternitz, die für Donnerstag mehrere Familien eingeladen hatte. Drei Gäste waren ohne weiteres bereit, am Freitag zu kommen, einem fehlte das Beförderungsmittel, zwei Mütter hatten keine Babysitter, und ein Junggeselle hatte eine wichtige Verhandlung wegen seines Konkurses. Alle diese Schwierigkeiten wurden von mir Schritt für Schritt aus der Welt geschafft. Das Beförderungsproblem löste ich, indem ich einen Omnibus mietete. Meine Schwester ging als Babysitter zu der einen Dame, die andere Dame ermordete ich und vergrub den Leichnam im Garten. Die Konkursverhandlung wurde abgesagt, da ich die Schulden des Geschäftsmannes übernahm. Auf diese Weise konnte der Elternrat am Donnerstag zusammentreten, und dem Gipfeltreffen der Zwillinge am Dienstag abend stand nichts mehr im Wege.

Pünktlich um halb acht begann ich zu warten. Ich wartete zwei Stunden. Niemand kam. Kurz vor Mitternacht erschien

Platschek, der unsere Verabredung irgendwie mißverstanden und bei seinem Schwager das Abendessen eingenommen hatte, ehe er zu mir kam, statt umgekehrt. Gideon kam überhaupt nicht. Wahrscheinlich hatte er es vergessen.

Zum Glück war der Wasserfleck nicht mehr von der Wand zu unterscheiden, denn die Wand war mittlerweile verschwunden und hatte nur den Fleck zurückgelassen. Ich verkaufte die Wohnung, kaufte eine neue und wunderte mich, daß mir diese einfache Lösung nicht früher eingefallen war.

Ephraim ist ein schüchterner Mensch. Vor allem, was die zwischengeschlechtlichen Beziehungen betrifft, ist er verschlossen wie eine Auster, obwohl er im Grunde seiner Seele immer ein Don Juan sein wollte.

Mit seinen Werken hat er zwar die Herzen seiner Leser erobert, aber eigentlich erhoffte er sich eine ganz andere Art der Eroberung. In seiner Phantasie. Im wahren Leben war Ephraim niemals eine Konkurrenz für Don Juan, und auch Casanovas Rekorde waren durch ihn nicht gefährdet. Ja, mit seiner Introvertiertheit hätte er es nicht einmal bis zum Lehrling am Hofe des großen Herzensbrechers gebracht.

Seine Jugend versäumte er in Konzentrationslagern, und als Erwachsener versuchte er vergeblich, sich die Verführungskünste jener Männer anzueignen, die als beneidete Junggesellen nicht nur raffinierter, sondern auch unabhängiger waren. Ein Junggeselle, dem die ganze wunderbare Welt des Flirts und der Verführung offensteht, war für ihn immer Herausforderung und Abschreckung zugleich.

Seine Neugier kaschiert Ephraim mit dem Hinweis, er interessiere sich lediglich als Humorist für das Phänomen Eroberung. Er selbst sei durch und durch monogam, wenn auch mit einer Menge polygamer Neigungen, die jedoch rein platonischer Natur wären.

Teilt er diese Eigenschaften nicht mit allen anderen Ehemännern auf der Welt?

Auf einer Reise nach Istanbul besichtigten wir vor einiger Zeit den Palast des türkischen Sultans, das »Topkapi« und die ehemals so prächtigen Haremsgemächer. Ephi fühlte sich sofort wie zu Hause. Erst als er alles genau inspiziert hatte, die Zimmer der Frauen wie die der Eunuchen, war er wieder ansprechbar. Es war so, als besuche er einen Ort, den er aus einem früheren Leben kannte.

Als wir vor dem Thron des Sultans standen, von dem

aus dieser seine Auswahl aus dem reichen Damenangebot getroffen hatte, stellte ich Ephraim die indiskrete Frage, wie er wohl mit einer solchen Flut von Frauen fertig geworden wäre, wo er doch schon Probleme hätte, der einzigen Frau an seiner Seite die gebührende Aufmerksamkeit zu schenken …

»Keine Ahnung«, antwortete Ephraim mit jungenhaftem Grinsen. »Ich bin zwar in der Theorie auf dem laufenden, aber in der Praxis hapert's ein wenig.«

Auch damals, als er um mich warb, hat er mir niemals einen Blumenstrauß mitgebracht oder mit Komplimenten wie »Du hast wunderschöne Augen« um mich geworben. Er sprach sich selbst frei mit Sätzen à la Ephraim, wie zum Beispiel: »Nur Männer mit schlechtem Gewissen schenken Blumen.«

Meine diskreten Erziehungsversuche blieben ohne nennenswerten Erfolg. Sie sind abgeprallt an Ephraims Erkenntnis, die ich inzwischen teile: »Mit Frauen zu debattieren ist für Männer, wie mit Lebewesen von einem anderen Planeten Kontakt aufzunehmen.«

Die Entfernung zwischen seinem und meinem Planeten wurde im Laufe der Jahre nicht geringer. Da wir nun bald auf vierzig beachtliche gemeinsame Jahre zurückblicken können, unterstelle ich eben, daß mein geliebter Lügner mich trotz allem mehr liebt, als es den Anschein hat. Und wenn er mir auch nicht mit europäischer Eleganz die Autotür aufhält, so bin ich doch froh, wenn er sie mir nicht vor der Nase zuwirft …

Meine Eifersuchtsszenen, die als eheerhaltende Maßnahme nicht zu unterschätzen sind, haben ihn noch nie beeindruckt. Im Gegenteil. »Ich bin eben wie alle anderen Männer«, lautet Ephraims stereotype Replik.

Er hißt seine Macho-Fahne, wie ich es nenne, und unterstreicht seine Überzeugung mit der Lieblingsarie aller Ehemänner, die seiner Meinung nach jeden Vorwurf ein für allemal aus dem Weg räumt: »Ich werde immer bei dir bleiben.«

Normalerweise traue ich Männern nicht, aber an diese Erklärung Ephraims glaube ich. Arthur Rubinstein erzählte uns einmal, weshalb er sich nach einer langen, harmonischen Ehe im Alter von fast 90 Jahren von seiner Frau trennte. »She took me for granted«, »Sie hielt mich für selbstverständlich«, sagte der große Pianist.

Ich betrachte meinen Mann lieber nicht als Versatzstück. Sicher ist sicher. Und mein erprobter Ratschlag an alle Leidensgenossinnen lautet: tief durchatmen, schweigen und abwarten. Am klügsten ist es, wenn man erst gar nichts von Ausrutschern oder verwirklichten Phantasien weiß.

Ich entschuldige eben manches damit, daß mein Ephraim in den Jahren, in denen er zum jungen Mann wurde, seine Neugierde auf das schwache Geschlecht nicht ausleben konnte. Und so ist er bis heute auf der Suche nach seiner gestohlenen Jugend. Ob er bei dieser Suche inzwischen etwas gefunden hat, weiß ich nicht. Immerhin habe ich ihn gefunden.

Vor zwei Jahren schrieb Ephraim in seiner Autobiographie, er werde beim Verlassen dieser Welt meine Hand halten. Das ist eine etwas ungewöhnliche Liebeserklärung, aber wenn man es genau betrachtet, ist dieses Buch das ebenso.

Cherchez
la femme

Wir hegen große Sympathie für die anständigen Holländer. Außerdem hatten wir immer wieder die Kunstschätze Hollands rühmen hören und die baulichen Schönheiten der holländischen Städte. Amsterdam, so sagte man uns, stünde um nichts hinter Venedig zurück: imposante Kanäle … Gärten und Statuen … prächtige Theater und Konzertsäle … zauberhafte Giebelhäuser … ganz zu schweigen von … also von diesem gewissen Viertel, wo man an den Fenstern … angeblich gibt es so ein Viertel in Amsterdam … mit Mädchen an den Fenstern … ein berühmtes Viertel … und dort sitzen sie also an den Fenstern, die Mädchen …

Selbstverständlich hatten wir diesem albernen Touristengewäsch weder Ohr noch Glauben geschenkt. Auch ich selbst hatte kaum hingehört. Solche Dinge interessieren mich nicht. Ich bin ein ernster, reifer, vom Leben hart geprüfter Mann, der seine Erfahrungen bereits hinter sich hat.

Ich mache in einer Stadt, die für ihre Museen berühmt ist, nicht etwa deshalb Station, um dann vielleicht … ich denke nicht daran.

»Also du denkst nicht daran«, nickte die beste Ehefrau von allen. »Ganz wie du willst. Ich aber möchte keinesfalls darauf verzichten, die Mädchen in den Fenstern sitzen zu sehen.«

Ich bin lange genug verheiratet, um zu wissen, wann jeder Widerspruch sinnlos wird. Und da auch ich eine gewisse Neugierde nicht ganz unterdrücken konnte, gab ich nach. Als wir das Taxi bestiegen, hatten wir entschieden: Wir würden hingehen.

Hin? Wohin? Und wie? Das bewußte Viertel war in keinem Stadtplan eingezeichnet und der Weg in keinem Touristenführer beschrieben.

»Dann mußt du jemanden fragen«, sagte die beste Ehefrau von allen.

»Frag doch du!«

»Wenn mich nicht alles täuscht, bin ich die Dame von uns beiden.«

Ich sei ein Feigling und solle mich schämen, meinte meine Frau und wandte sich an den Fahrer.

»Sagen Sie einmal … was ist denn hier in Amsterdam besonders sehenswert? Ich meine: besonders?«

»Im Königlichen Museum wurde gestern eine moderne Kunstausstellung eröffnet«, war die Antwort. »Und das internationale Musikfestival soll ganz hervorragend besetzt sein.«

»Ja, aber das meine ich eigentlich nicht. Mein Mann und ich würden gerne etwas wirklich Aufregendes sehen.«

»Ich verstehe. Dann gehen Sie doch um Mitternacht in den Hafen, wenn die Gemüsekähne ausgeladen werden. So etwas sieht man nicht oft …«

»Danke für die Auskunft. Vielen Dank.«

Ich saß im Fond, das Gesicht schamrot. Da meldete sich mein männlicher Stolz. Ich bin ja kein kleines Kind mehr, das an der Hand seiner Gouvernante dahintrippelt. Wenn ich wissen will, wo man die … wo man diese Fenster findet, dann gehe ich eben zum Hotelportier, beuge mich lässig zu ihm vor und frage ihn ganz einfach:

»Hören Sie, lieber Freund, wo sind hier … Sie wissen schon … das mit den Fenstern …«

Der Fahrer lächelte verständnisvoll:

»Die Königin ist um diese Zeit in ihrer Sommerresidenz. Aber den königlichen Palast können Sie jederzeit besuchen. Sie finden ihn mühelos. Jeder Mensch zeigt Ihnen den Weg.«

»Danke sehr.«

Wirklich zu dumm. Wer weiß, ein paar Straßenzüge weiter, ja vielleicht schon hinter der nächsten Ecke lehnen womöglich Scharen lässig hingelehnter Frauen vor allen Fenstern, ohne daß wir sie finden, dieser Gedanke konnte einen empfindsamen Menschen nervös machen. Ein Glück, daß wir am Abend eine Einladung des holländischen PEN-Clubs hatten.

»Wir fliegen morgen um acht Uhr ab«, zischte die beste Ehefrau von allen. »Wir brauchen die Adresse noch heute nacht!«

Heute nacht. Dann konnten wir nur noch im PEN-Club fragen. Aber wie?

Als das Einleitungsblabla verebbte, stürzte ich ein Glas des schärfsten indonesischen Reisschnapses hinunter und wandte mich an einen Vertreter des einheimischen Kulturlebens:

»Spinoza, zu dem Sie ja sicherlich eine besondere, lokalbedingte Beziehung haben, Spinoza hat die These aufgestellt, daß die Philosophie eigentlich nur als Katharsis eines hypokratischen Humanismus aufzufassen sei. Das heißt: Der Philosoph entlarvt die konventionellen Lügen der Gesellschaft, in deren Schatten und unter deren Schutz die menschliche Hypokrisie ihre Paläste baut, die in Wahrheit nichts weiter sind als – verzeihen Sie den Ausdruck – Bordelle!«

»Ja, ja«, bestätigte mein Gesprächspartner, einer der fahrenden Erkenntnistheoretiker des Landes. »Spinozas scharfer, analytischer Verstand ist bis heute unübertroffen.«

Der Mann war ein Trottel. Hätte er nur ein wenig Intelligenz und Instinkt besessen, so mußte seine Antwort gelautet haben: »Apropos Bordelle – gleich hier, mitten in Amsterdam, gibt es ein ganzes Viertel, wo Frauen in jeder Preislage in den Fenstern sitzen.«

Ich kippte noch einen schärferen Brandy, schloß die Augen und versuchte es aufs neue:

»Spinoza hin, Spinoza her – was mich an Ihrem Land fasziniert, ist seine gesunde, freimütige Lebensart. Es gibt doch sogar hier, mitten in Amsterdam, ein ganzes Viertel, von dem jedermann weiß, daß es der öffentlichen Prostitution vorbehalten ist?«

Meine Gattin hatte sich herangepirscht und nickte mir aufmunternd zu.

»Ach«, lächelte der Erkenntnistheoretiker, »Sie meinen offenbar ... hehehe ... Sie meinen das Viertel, wo die Damen in den Fenstern sitzen.«

»Wie bitte? In den Fenstern?«

»Ganz richtig. Ein solches Viertel gibt es bei uns.«

»Tatsächlich? Und wo?«

»Hier, in Amsterdam. Die Touristen strömen scharenweise hin.«

In den Augen meiner Gattin flammten zornige Pünktchen, die soviel bedeuteten wie: »Siehst du! Alles strömt, nur wir sitzen noch hier ...«

»Um die Wahrheit zu sagen«, fuhr mein Informant fort, »tolerieren wir dieses Viertel überhaupt nur der Touristen wegen. An sich ist es eine Kulturschande. Tag und Nacht stehen die Fremden mit ihren Fotoapparaten vor den Fenstern und knipsen drauflos, als ob sie im Zoo wären. Einfach abscheulich!«

»Abscheulich«, wiederholte ich. »Ich kann mir das sehr gut

vorstellen. Die gierigen Gesichter und das Klicken der Kameras ... die ganze Straße ist voll davon ... die ganze ... wie heißt die Straße doch gleich?«

»Straße? Das spielt sich nicht auf der Straße ab. Wenn die Herren Touristen genug geknipst haben, verschwinden sie in den Häusern und feilschen mit den armen Mädchen stundenlang um den Preis. Es ist wirklich ekelhaft.«

»Ekelhaft ist gar kein Ausdruck.« Ich biß die Zähne zusammen. Die Depression, in der ich mich jetzt befand, beschleunigte unsern Aufbruch.

Unsre Strategie stand fest. Wir würden die Stadt durchkämmen, vom östlichen Zipfel nach Norden, dann die Querstraßen nach Westen absuchen und uns dann gen Süden wenden, bis wir irgendwo auf ein rotes Licht stießen. Früher oder später mußten *wir eines finden.*

Wir mußten nicht. Wir fanden keines.

Gegen zwei Uhr nachts legten wir eine Pause ein, ohne eine einzige lebende Prostituierte gesehen zu haben. Da und dort hatte zwar ein rotes Licht geblinkt, aber das war dann immer eine Verkehrsampel. Ein Nachtapotheker, den ich aus tiefem Schlaf geweckt hatte, um ihn in ein Gespräch über den »ältesten Beruf der Welt« zu verwickeln, erklärte mir höflich, daß das Ackerbauministerium nachts geschlossen sei. Niedergeschlagen und hoffnungslos setzten wir unseren Weg fort. Um 3.30 Uhr hatten wir erst ein Fünftel der Stadt bewältigt. Die Straßen waren leer. Amsterdam schlief.

Es war nach vier, als ich vor dem Konzertgebouw einen Polizisten stehen sah. Jetzt war mir alles egal. Mit letzter Kraft stolperte ich auf ihn zu, hielt mich an seinem Uniformkragen fest und keuchte:

»Wo sind die Huren?«

»Die zweite Brücke hinter dem Dom«, antwortete der Hüter des Gesetzes bereitwillig. »Kanalstraat.«

Dieses, geneigter Leser, ist also die Adresse. Manchmal lohnt es sich, auch ein überlanges Buch zu Ende zu lesen.

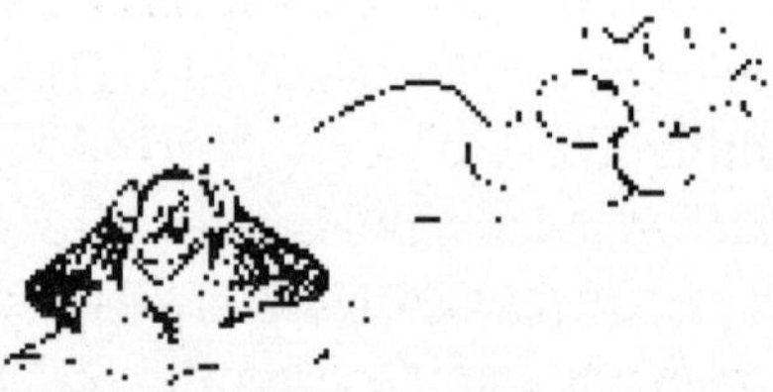

Ephraim Kishon: Jetzt schweige ich.

Mein Verleger, der ja eigentlich Jurist ist und Bücher lediglich als Hobby betreibt, hat mich freundlicherweise darauf hingewiesen, daß ich als Angeklagter das Recht hätte, mich zu verteidigen. Ich habe ihn meinerseits freundlicherweise davon in Kenntnis gesetzt, daß ich in dieser Familiensache nicht Angeklagter, sondern lediglich Zeuge bin. Außerdem wüßte ich gar nicht, wogegen ich mich eigentlich verteidigen sollte.

Wie tapfer meine Frau zu mir und zu meinen Werken steht, ist aus jeder Seite herauszulesen, und wenn sie auch hier und da auf die eine oder andere meiner männlichen Schwächen zu sprechen kommt – da sind doch alle, zumindest fast alle, inzwischen längst verjährt. Ich kann sie also ohne weiteres vergessen. Denn das Alter ist wahrlich ein Schlag unter die Gürtellinie, und man kann wirklich nicht von mir verlangen, daß ich unseren gemeinsamen Lebensweg zurückgehe und mich nach jeder Erinnerung bücke, die wir innerhalb von vierzig Jahren verloren haben.

Ja, meine Frau hat offensichtlich das bessere Gedächtnis, ich hingegen bin im Vergessen der Erfahrenere.

Mit der farbigen Schilderung unserer gemeinsamen Erlebnisse hat sie mich jedoch nicht wenig überrascht. Nicht wegen der Erlebnisse, sondern wegen ihrer dichterischen Begabung, die sie bisher raffiniert zu verbergen wußte. Schließlich hatte sie aber auch einen exzellenten Lehrmeister, wage ich zu behaupten, und so hat sie mir auch sehr geschickt abgeschaut, wie man aus einer kleinen Mücke einen literarischen Elefanten macht. Mein Problem dabei ist, daß ihre dichterische Freiheit der Wirklichkeit sehr nahe kommt, und das kann jemanden mit einem schlechten Gedächtnis ganz schön durcheinanderbringen. Mein Gefühl sagte mir, ich sollte einfach nur milde lächeln über ihre Enthüllungen, aber mein Kopf erwartete eine kritischere Haltung von mir. Der Kopf ist aber auch der klügere, und so gab er nach.

Ich umarme Sara somit innig und gratuliere ihr von ganzem Herzen zu ihrem ersten und vielleicht auch letzten Buch. Sie hat hervorragenden Geschmack bewiesen, sowohl in der Auswahl meiner Satiren wie auch in der Wahl ihres Ehemannes.

Und da sind wir auch schon bei des Pudels Kern. Beide

sind wir felsenfest davon überzeugt, daß der oder die andere mit unserer Ehe das große Los gezogen hat. Nein, Minderwertigkeitskomplexe kennt meine kleine Frau nur bei anderen. Als wir zum Beispiel unser erstes Kind planten, hat sie mir mit leuchtenden Augen zugeflüstert: »Ich hoffe, Ephraim, unser Baby wird so schön wie ich und so klug wie ich.«

Sie ist also meine große Lehrmeisterin geworden, die voller Lebensweisheiten steckt. Als ich letzten Winter einen Handschuh verlor, sah sie mich vorwurfsvoll an und philosophierte vor sich hin: »Mir wäre viel wohler, wenn du schon das ganze Paar verloren hättest.«

Sie ist eben ein wenig streng mit mir.

Es gibt Banausen, die Sara gar nicht kennen und behaupten, sie wäre eine dominante Persönlichkeit. Sie haben recht, diese Banausen. Man könnte sie tatsächlich so bezeichnen, aber mir macht das nichts aus. Ein Ehemann, der sich vor seiner Frau nicht fürchtet, ist kein echter Mann.

Allerdings fürchte ich mich seit dem Sommer 1976 vor nichts mehr. Da habe ich nämlich mehr durch Zufall die inzwischen legendäre »Kühlschranklösung« entdeckt. An jenem heißen Mittag, auf dem Höhepunkt unseres lautstarken Ehestreits in der Küche, drohte mir meine Frau damit, zu ihrer Mutter zurückzukehren, die Kinder aber bei mir zu lassen. Da öffnete ich den Kühlschrank und begann, alles was darin lag, an die Wand zu werfen. Bei der zweiten Flasche Orangensaft gab sie auf und blieb.

Sie ist offenbar für immer geblieben. Ich auch. Sie behauptet zwar von Zeit zu Zeit, daß ich noch ein wenig polygamer wäre als andere anständige Ehemänner, aber welche Ehefrau behauptet das nicht?

Mein Problem ist lediglich, daß Sara ein so ungemein patenter Lebenspartner ist. Wenn sie es nicht wäre, dann wäre alles viel einfacher. Von einem schlechten Partner kann man sich ganz einfach trennen und mit einem kühnen Kopfsprung in den traumhaften Bergsee des fröhlichen Junggesellendaseins eintauchen. Sara aber kann man nicht verlassen, weil sie eben die beste Ehefrau von allen ist.

Adieu Kopfsprung, adieu schöne Träume, was bleibt mir anderes übrig? Ich muß sie ganz einfach bis ans Ende meiner Tage lieben.

Ephraim
Kishon
Mein Kamm
Satirischer Roman

BASTEI LÜBBE

Die Geschichte eines kleinen Gauners und eines Journalisten, denen ein kindischer Racheakt außer Kontrolle gerät.

Ein glatzköpfiger Fabrikant entläßt seinen Buchhalter, weil er ihn für unfähig hält. Voller Zorn sinnt der Buchhalter auf Rache, und sein Freund – ein versoffener, aber brillanter Journalist – ist ihm dabei gern behilflich. Er verfaßt einen Schmähartikel, der verheerende Folgen hat. Statt einfach nur den Fabrikanten lächerlich zu machen, löst er in abstrusen Verkettungen von Umständen eine militante Massenbewegung gegen alle Glatzköpfe dieser Welt aus.

Die furiose Parabel eines unvergleichlichen Humoristen führt den Leser auf leichtfüßige und höchst amüsante Weise zu Erkenntnissen, wie sie kein Geschichtsbuch vermitteln kann.

ISBN 3-404-14248-9

BASTEI LÜBBE

Als der jähzornige Lord von Glengarth, Vater von Rory und Lindsay, im indischen Dschungel einen Einheimischen fast zu Tode prügelt, belegt ein Yogi das Schloß der schottischen Familie mit einem Fluch.
Dieser Fluch legt sich wie ein schwarzer Schatten auf das Leben der ungleichen Brüder. Zurück in der nebligen, kühlen Heimat, zieht sich der menschenscheue Lindsay, Erbe des Lordtitels, auf das Schloß zurück. Rory dagegen, heißblütig und allergisch gegen jede Bevormundung, ist als Unternehmer erfolgreich.
Eines Tages taucht die schöne Annie auf, und beide Brüder entbrennen in heißer Leidenschaft für die junge Frau. Die Familienbande drohen nun endgültig auseinanderzubrechen, es sei denn, Annie gelingt es, Schloß Glengarth von dem elenden Fluch zu befreien ...

»Eine bewegende Geschichte, geschrieben mit Leidenschaft und Scharfblick.« MANCHESTER EVENING NEWS

»Ein Klasse-Schmöker!« BRIGITTE

ISBN 3-404-14329-9

BASTEI LÜBBE

Gleich zwei psychopathische Serienkiller halten die Welt in Atem: Gary Soneji, seit seiner frühsten Kindheit fasziniert von »Jahrhundertverbrechen«, die er durch Intelligenz und Raffinesse noch zu übertreffen versucht, und der geheimnisvolle »Mr. Smith«, ein skrupelloser Mörder, dessen blutige Spur sich ohne erkennbares Muster durch Europa und die USA zieht. Beide Killer sehen in Alex Cross, Polizeipsychologe in Washington DC, mit Sinn für Familie, Freunde und Musik, den einzig adäquaten Gegner in ihrem tödlichen Katz-und-Maus-Spiel. Und so beginnt Alex Cross' gefährlichster Fall, vor allem als Soneji schwört, ihn und seine Familie zu töten ...

»Die Story gleicht einer Fahrt mit einer Achterbahn, deren Bremsen versagen!«

Chicago Tribune

»Garantie: Spannung bis zur letzten Seite.«

Kölner Express

ISBN 3-404-14342-6

BASTEI
LÜBBE

Satirisches Familienporträt aus der Feder des »Weltmeisters in Sachen Humor«

Vorhang auf für Rafi, Amir und Renana und nicht zuletzt für die »beste Ehefrau von allen«! In seinen Familiengeschichten beschreibt Kishon humorvoll die Diktatur der Kinder von heute und den Kampf der Eltern mit Windmühlenflügeln, die in Form von Küchengeräten das Leben zur Sklaverei werden lassen. Doch bei aller spöttischen Satire schimmert die Liebe des Autors zu seiner Familie immer wieder zwischen den Zeilen durch.

»Unter der Feder Kishons werden Ärger und Ungemach zu unterhaltsamen Episoden. Ein wohlgelungenes, vergnügliches Buch.«

Wiener Zeitung

ISBN 3-404-14350-7

BASTEI
LÜBBE

320 Seiten, ISBN 3-7844-2776-6

Ephraim Kishon

Kishon für Manager

Der neue „Kleine Kishon" in der Erfolgsreihe

Pointenreiche Entspannung für Manager und satirische Tipps für angehende Kapitalisten.

Klein – kompakt – lustig

- Kishon für Kenner, ISBN 3-7844-2648-4
- Kishon für Eilige, ISBN 3-7844-2537-2
- Kishon für unterwegs, ISBN 3-7844-2681-6
- Kishon für Feinschmecker, ISBN 3-7844-2731-6

Langen Müller